啤酒王的公路電影

上一個世紀的真實冒險

BEER KING
啤酒王——著

目錄

為了僅有的人生戰鬥，多麼燦爛輝煌

——讀《啤酒王的公路電影》

蘇家立

對每個人而言，年老是令人驚愕的預言，隨著時間流逝不停向人們逼近，彷彿順流而下的紙船，一開始只是乘載了垂髫稚子對未來的無形憧憬，漸漸地，甲板上堆疊的事物越來越多，又無法輕易移開，航向浩瀚之洋前，必然遭逢重重迷霧、驚濤暗流的阻撓，唯有突破層層關卡的考驗，才能撥開厚重的雲霾，梳理雜亂的華髮，感慨人生並未虛擲。《啤酒王的公路電影》引導我進入了一個複雜卻也充實的冒險旅程，途中雖有滿腹心酸血淚，卻是苦盡甘來的一盅醇美之泉，不管是暢飲、小酌，皆能在人生的譜面上鑄下動人的音符。

「廉頗老矣，尚能飯否？」對啤酒王來說，似乎無法簡單地涵括。一名血氣方剛的壯年男子，如何在七〇年代，極欲於異鄉闖出名堂，卻又擔憂子女嫌棄，難登大雅之殿。無論是搬運工人、貨車司機，甚至是之後搏來的啤酒王美名，乃是憑著過人的忍耐及堅韌的意志而鏤下的人生刻痕，一筆一劃，灌注了人生菁華，彷彿來者可觀仰的深渠，其中蘊涵的智慧，道盡了人生的起起伏伏，閱歷之豐豈是常人能想像？讀到他替黑手黨運送不法物品時，不免為之汗流涔涔，一顆心空懸於谷忐忑不已；從〈我如何進入寫作之路〉感受到一股歷經人情世故淘洗的狂氣：為了自我的脾性而書寫，不假修飾；行文一板一眼，即使是有要事在身，也不忘在部落格向讀者「告假」，突顯了走過滄桑的一名男子，仍保有其執拗之處，令人覺得可親可愛；在〈一份屬於我的劇本〉中，闡述與一位讀戲劇的年輕人的相處過程：由僱傭的關係起始，相談甚歡成了忘年之交，最後年輕人事業有成，提供了一份劇本，讓作者能根據劇中角色，揣摩其言行，以此闖蕩中國大江南北，可以逢人閒聊中國當年種種如話家珍！這樣奇異弔詭的經驗令我大開眼界，還以為是在讀一篇劇情曲折的小說，雙眼似乎能投映劇本主角牛大山所目睹的千江萬水、時代波折……。啤酒王的寫作是忠於自我且不矯揉造作的，他不在乎綺麗的詞藻雕琢，堅持純樸淡雅的敘事風格，佐以淬煉後的人生體悟，更呈現了一幅清爽宜人的風景，儘管畫框有些老舊，卻是固實耐用，經得起時間磨勵。他在〈回憶在美國的冒險生涯〉中對於名與利的看法，看似辛辣不留餘地，卻洋溢著以自身作為借鑑的暖意。

「……做為一個凡人，他們最渴望的又是什麼呢？依在下看來，也不外乎是名與利吧，因此為了名，便有人挖空心思的去沽名釣譽，因此為了利，便有人去做那傷天害理的違法勾當；而不善於沽名釣譽，以及那沒有膽量去做傷天害理的人，則鮮少能在這個世界上獲得名與利的！當然，世界上的任何事情總是有例外的，那我們只能說，凡夫俗子他們是有其機會與運氣，或許是他們自己特別的努力，又或許是他們的祖先積了德……」此段犀利且不落俗套，是真正吃過苦才有的領略，而非憑空畫餅夸夸高談的虛渺論調，結結實實打了我幾個耳光，至今臉頰還火辣著呢。

是該說說啤酒王媲美西部墾荒開拓，或類似冷硬派警探小說的經歷了。〈南國挖寶記〉詳述了他經營運輸企業時，在美墨邊境與一對兄弟挖寶的往事，鉅細靡遺，有軍用地圖，亦有暗號文字，這明明是推理小說才會發生的情節，活生生發生在一個人的身上，怎能不叫人驚艷？啤酒王於此不僅彰顯了自身解謎的聰慧，更是氣量恢宏，絲毫不取可能將挖出的寶藏，僅僅留下自己「酒霸」的稱號，不禁聯想起西部電影中，披著破爛皮革，沉默寡言的牛仔在格斃了惡徒之後，不發一語颯然離去的英姿。正是這樣過於虛幻的真實，成就了他難以取代的魅力。〈啤酒王的感慨〉一文，則以悵然的語調，傾訴筆名的由來。自古以來凡豪傑者莫不好酒，酒被視作交流情誼的甘露，更是多少騷人墨客的杯中真摯，而他贏得啤酒王的頭銜，在美東擊敗諸多烈豪並不是為了一己之私，而是為了警醒同為千杯不醉的好友。於文中穿插了不少曩昔服役於空軍、生活點滴的細瑣，可說是令讀者深思細嚼的過渡空暇。在這篇〈啤酒王的感慨〉中，我見識到了「喝酒」不僅僅是嗜好，亦是賭注了靈魂與理想的奮力一搏，將開戰鬥機的經驗套用在灌酒之上，前所未聞，與友力拼鬥酒的過程驚險萬分，可見「執著」方是最難戒除的烈醇，不但折磨著飲者的心靈，更為明日殘餘了想像不到的副作用：烜赫的聲名。至此，大略能勾勒出啤酒王的形象：一位急公好義、樂於助人、簡樸質白且充滿冒險精神的反叛者，胸中似有濃郁難解的愁憂，多年來沉溺於黃湯之中，為了家人革除一己弊病。擺盪於名利之間，見識不少幫派份子、法外人士，這些「修飾」將他書寫成一篇動人的故事，過於真實催淚，反倒讓我產生「身處他方」的錯覺，猶如《玩笑》中的荒謬情節，卻不得不令人正襟危坐，以虔誠之心賞閱。

啤酒王書寫的範圍甚廣，除了懷鄉思人、回首前塵、略談教育及賭博，更有著對於政事的敏銳，並能對當今軍事武備的看法，取材包羅萬象，可視為一個人耽溺於寫作的最好象徵。是時代造就了英雄還是英雄創造了時代，你我活在這個瞬間，並無法立即給予回覆。而透過啤酒王波瀾壯闊的記載，才明白我們身上都裝了小小的齒輪，必須與接踵而來的事件咬合，方能令世界轉動，軋過數不清的磨難，等候暖春到臨時，舊地能盛開為了散逸芬芳獨自與疾風鬥爭的平凡之花。

我如何進入寫作之路——代序

人生原是一個綜錯，人生原是一個偶然，往往我們預定了人生奮鬥的目標，往往我們渴望著想要達到的人生目的，卻因為種種原因，而畫上了休止符；然而往往有些事情，並不是在我們人生的規劃之中，但是，它往往卻在我們的人生或是生命中佔據了很重要的位置！說得通俗點，就是「有心栽花花不發，無心插柳柳成蔭！」。

我個人也覺得，有時人生還真是有一些趣味，往往就是在我們千篇一律的平凡生活中，經常會發生一些令我們想像不到、匪夷所思的事情……當然，對在下來說，所發生的是比較正面的事情，而不是如車禍等意外。

就拿那一年在紐約所舉辦的「啤酒王大賽」來說吧！我就是很意外的在喝

啤酒高手如林的紐約，拿到了冠軍，而更令我感到意外的是，從此我便和寫作結下了不解之緣！而最初領我走上寫作道路的，就是紐約某華文報紙的「報老闆」。

話說就是在我拿下了紐約啤酒王冠軍之後，紐約世界日報的報老闆便來找我，說是要我寫一篇得到啤酒王大賽冠軍之後的感想。於是我便寫了生平的第一篇文章。我想這篇所謂的感想，與其說是感想倒不如說是我到了美國紐約之後一些打工辛苦的感慨！文章上報之後，沒想到引起了紐約一些華人打工族的共鳴，於是報老闆要我每個星期都寫一篇像這種類型的文章。我是寫者無心，但沒想到引起了報館內其他同仁諸如編輯、校對、發行、打字等人的嫉妒與不滿。因為副刊的版面就只有半版，如果是我所寫的文章多登些，這就意味著他們所寫的文章，或是與他們有關係的作者所寫的文章就會登得少些，而且這些編輯、校對、發行、打字等人，又多半是國內大學中文系科班出身的，所以他們覺得我啤酒王所寫的文章似乎也不怎麼樣；但報老闆又為何偏偏喜歡讓我的文章上報；而我心裡面也在想，自己又不是要靠寫文章來混飯吃的，又何必去招惹這些人的嫉妒與不滿呢！於是我跟報老闆毫無修飾的直說：「這個鳥文章我不想再寫下去了，因為……」。報老闆聽完後哈哈一笑，似胸有成竹的說：「話可別說得太滿，我可是有辦法要你寫下去的，一則我對你有信心，二則你所寫的有關在美國跑長途運輸時所遭遇到的妓女、打架、槍戰……讀者可是十分的感興趣呢……」於是我打斷了他的話說：「總之筆是掌握在我自己的手上，我豈會聽你的……。」報老闆笑笑：「那我們就走著瞧吧！……」

一日報老闆打電話給我：「啤酒王，我想請你吃個便飯，只是敘敘舊，絕不談寫文章的事！……。」在酒過三巡、菜過五味之後，報老闆開口了：「啤酒王，你有沒有種去參加由上海文匯報，所舉辦的海外華人徵文比賽，他們只在海外華人的文章中，錄取十名佳作。我已規定我們報館所有的員工，都要交上一篇徵文給我，由我統一寄去上海文匯報參加比賽，你的文章可自行寄去。如果是你的文章獲選；而他們的文章沒有獲選的話，我就叫他們以後統統都給我閉嘴，不得再嫉妒或是對你不滿！……。」。

我這個人素來就有個毛病，就是怕別人激我、說我沒種，於是乎我便寫了篇文章寄去，結果獲選；而報館所有的員工都落選！後來台灣的僑務委員會（當時的僑務委員長是曾廣順）、世華銀行、新生報又聯合舉辦海外華人徵文比賽。報老闆又鼓勵我去參加，而我所寫的文章，亦獲選為十篇佳作中的一篇。因此在紐約報老闆不斷的的鼓勵下，我終於走上了寫作的道路！

啤酒王的感慨

我，趙名，筆名啤酒王。有很多初認識我的朋友，可能由於好奇吧，他們偶而也會問我，為什麼要用啤酒王這個筆名，照例的我都會跟他們作一番解釋。故事總是這樣開始的：「因為美國東部地區曾舉辦過一次場面十分盛大的啤酒王大賽，在那一場大賽中本人十分僥倖的擊敗了酒林中各路英雄好漢，奪得啤酒王的頭銜。因此我以後發表文章便用啤酒王做為筆名。」偶而初認識的朋友也會問：「那麼平時你也是喜歡喝兩杯的囉！」我都會對他們說：「哦！不，喜歡喝兩杯那是以前在台灣空軍服役時候的事；但當我去了紐約後，可說是已退出酒林不再和酒林朋友把酒言歡、或是拼酒鬧酒，不敢說是完全的封了杯；但實際上也等於是半封杯狀態。」朋友們又會問：「你既說是退出了酒林又是什麼半封杯狀態，那你為什麼又去參加什麼美東啤酒王大賽呢？是為了沽名釣譽嗎？」我答道：「非也，我去參加啤酒王大賽最重要的原因，乃是在我半封杯的情況下有些在紐約認識的朋友，仍然覺得我的酒量了得，因此他們就背地裡幫我報了名。再則，我也想要向許多酒林朋友傳達我想要向他們傳達的信息。其次我是想要挽救一位沉迷於酒林虛幻榮光中的朋友。因此基於以上數點理由，在下才去參加啤酒王大賽，因此實非我想去沽名釣譽也！可說是不得已矣！」朋友們一聽我的解釋，可能是更加的糊塗了，於是我又更進一步做了陳述。

我曾在台灣空軍服役過十年；但我不是一個好軍人，一個好軍人是要服從、守紀律；但十分抱歉的是，這兩件事我偶而都不能做到！記得那是我自空軍官校畢業，進入空軍飛行學校，接受飛行訓練之後的事吧。有一架台灣的F-86D戰機（由徐廷澤駕駛）叛逃到中國大陸，而飛行員正好是一個在台灣沒有任何親人的單身漢，因為當時我在台灣的情況與他相同（惟二的親人，母親和姐姐都在美國），因此我也受到株連被台灣空軍當局給停飛了。這碼事我並沒有要怪任何人，其實將我停飛也是對的，就拿當年我在電視上看到日本軍艦在釣魚台海域阻擋我們送區運聖火漁船的鏡頭，當時我的熱血在沸騰，我想若我是一個現役戰鬥機飛行員的話，我絕對會駕了戰鬥機飛到釣魚台海域，用機關砲、火箭、飛彈，來殺他個片甲不留，如此才能洩我心頭之恨；但回到現實這樣做行嗎？所以我覺得空軍當局把我停飛，也不是完全不正確！

一個空軍幼校跟官校的畢業生不能去飛行，不管怎麼說在軍系裡都是很難有升遷的機會，在那一段日子裡，我覺得自己失意、沒有任何的前途，當年二十多歲的我，竟覺得這個世界是如此的灰暗，在灰暗中惟有酒能解除我的煩惱與憂愁；但是要知道，人生無論在任何地方，都是會有煩惱跟憂愁。那些在飛行學校完成了飛行訓練的同學們，當他們分發到飛行部隊後，也同樣是有了新的壓力和新的煩惱，大夥兒聚在一塊時，也只有喝兩杯來紓解這心頭的憂愁與煩惱！

當夜幕低垂華燈初上之時，五、六個老同學，再約上四、五個略具姿色的小妞，大夥兒魚貫的晃進一家不大不小的飯店，點上一桌酒席，開上個七、八瓶老酒，大夥兒不拘形式的猜拳行令、吹牛聊天，或是肉麻當趣的逗逗那些臭味相投的騷娘兒們，啊！這煩惱、這壓力、這苦悶竟飛到九霄雲外去了，眼前所感受到的是溫馨、是融洽、是滿足、是麻醉……，酒給大夥兒帶來的是無限的快樂與歡笑，因此不自覺的，我們都愛上了酒！

在台灣喝酒的場合，不盡然都是如此的溫柔斯文，在那部隊上慶功宴，或是地方上吃拜拜等場合，大家拼起酒來，可謂是十分兇悍，那程度只可用「日月無光，天地變色」來形容，我們這夥兒老同學喝遍了台灣濁水溪南北，戰果十分輝煌，十年之間大小戰役不下百次，幾乎沒有敗績。有一回三重埔大拜拜，當地角頭兄弟，擺下了酒壇、酒盟，他們撂下狠話曰：「今天咱們三重角頭兄弟，擺下了酒壇、酒盟，凡南北酒林中人，直的進得來，橫的抬出去……！」我們偏是不信邪，明知山有虎偏向虎山行，因此十多人組成了敢死特攻隊直搗三重埔，角頭兄弟之酒壇與酒盟斯役也，戰況空前慘烈，敵我雙方拼酒人馬前仆後繼，拼鬥之激烈，不下武林之爭霸，最後是雙方人馬全部醉得滾滿一地，誰也沒有力氣將別人橫著抬出去，這碼糗事，保密工作做得可是空前到家，雙方人馬都未向外洩漏半個字，我們這夥老同學跟三重埔角頭兄弟，被台灣酒林中人，公認為北部酒壇二大盟主！

快樂時光易逝，匆匆的我自空軍官校畢業後，在台灣空軍已幹滿了十年，唉！還是退役吧！因為台灣的參謀總長、國防部長、行政院長（這些職位，空軍幼年學校畢業生都幹過）是輪不到我這酒林一霸來當的，因此我解了甲，在無田可歸的情況下，我只有來到那鳥不語、花不香、雞不生蛋的紐約混混生活。妻對我說：「趙名呀！人說男怕入錯行，女怕嫁錯郎。我似乎已嫁錯了郎，你在美國不說是入錯了行，你簡直是入不了行，你還是每天沉溺於醉鄉之中，這如何是好呢？兒子、女兒你總得要養的呀！」唉！我要入那一行？因為在這個世界上，我會的東西還真是不太多，天上的嘛！我會飛個教練機，地下的嘛！我還會駕個重型消防車（我在台灣松山軍用機場，當過消防分隊長），並且我還有二把蠻力氣，哦！對了，不如考個重型卡車駕照，幹運輸方面的事情算了。我考了兩次駕照，那頭髮灰白的老考官都沒有讓我通過，第二次考完後，我憤憤然的跳下卡車，嘴裡還罵了一句英文的三字經"Fuck you!"於是老考官將我拉到一旁道：「年輕人，你卡車開得不錯，你知道我為什麼沒有讓你通過嗎？」我沒好氣的答："I don't know!"，老考官道：「你自已聞聞你嘴裡的酒氣吧！如果我給了你卡車駕照，豈不等於是讓你去殺人嗎？你下次來考試時，全身上下別再帶一絲兒酒氣，我想憑你的技術，我一定會讓你通過考試的，並且希望你以後也別再喝酒了，因為酒後駕重型卡車是很危險的！」

老考官的一席話如醍醐灌頂，讓我頭腦清醒了，想到了卡車肇事之嚴重後果，想到了我對家庭、妻子、兒女所應付的責任，於是我自動的封了杯退出酒林，妻子對這事竊喜不已，無獨有偶的是我昔日很多老戰友，他們也紛紛自飛行部隊退役進入了民航公司，他們經常駕了波音 747 客機飛來紐約看我，當我問他們是否還喝酒時，他們都笑笑搖搖頭說：「飛這載了好幾百人的客機，可比不得以前飛戰鬥機，以前砸了的話，橫豎只是一個人，那也就罷了，飛這 747 客機，好幾百個人的性命，都操在你手上，豈可因自已的貪杯，而犧牲了別人的生命！」老戰友的話，讓我由衷的對他們感到佩服。是的，今天我們大夥兒肩頭上都扛著責任，豈能掉以輕心！

當然事情並不如我想的那麼簡單，尤其是做我們長途運輸這一行的，在應酬的場合上難免不碰到些三山五嶽的人物，有些在台灣便認識、知道我原是酒林中人，如今為何在場合上是這麼樣的畏畏縮縮、不乾不脆的，顯得一點兒也不阿莎力（痛快），在紐約新交的朋友，看到我是滴酒不沾，這那還是什麼男子漢、大丈夫！因此有人稱我為「在室男」、「住家男」，言下之意，像我這種喝起酒來不乾不脆的人物，還不如待到家裡算了，出來在場合上混個什麼名堂呢？有多少次，我因為受不了他們對我的揶揄與奚落，都想要重出酒林，一展昔日之雄風，把這些人一一的擺平撂倒，以洩我心頭之憤；但想到一家人的生活擔子都在我的肩上，豈能容我出一絲差錯呢，當我每每想到這一層也只有強忍下來，真是打落牙齒和血吞，昔日韓信且受胯下之辱，我趙某只是被人奚落奚落、揶揄揶揄，又有何妨，只有自我解嘲的吟著古人的詩句：「滾滾長江東逝水，浪花淘盡英雄……。」儘管在酒場上，我是有些兒英雄氣短；但值得安慰的是，在對家庭責任上來說，卻也是兒女情長！我常在想，我的自動封杯退出酒林，只是做到了獨善其身，我眼看許多我們運輸界的朋友，因喝酒而肇事，像是全球運輸公司的小莊，在醉後搬重物時拆斷了大腿，前吉祥公司的老楊酒後駕車，因車禍送了命，最早僑泰運輸公司的老闆張先生，因酗酒而得了肝病去世！血一般的教訓，並沒有使活著的人得到警惕，許多搬運界的朋友拼起酒來，還是抱持著視死如歸的精神，著實令我膽戰心驚啊，我曾在場合上及私下都勸過他們；但他們都說我這人太嘮叨、太過於婆婆媽媽！我的好友黃君，服務於此間黨部，擔任總幹事，他主要的工作，似乎就是陪往來於台灣、紐約之間的黨、政、軍、經界要人吃吃飯喝喝酒，他幾乎是每餐必喝，被人譽為美東酒林第一人，他自己似乎也以此虛名為榮，我覺得照這樣再繼續下去，無論在個人健康和其他方面，遲早都會出事的，我曾勸過他，但他只是說：「人在江湖，身不由己！……」

有一天紐約各大媒體都刊登了巨幅廣告，原來是美國華安公司取得了台灣啤酒在美銷售之代理權，並且要在紐約舉辦一場盛大的啤酒王大賽，看了這些廣告後，我當然是無動於衷；但是我公司同事及朋友，早已背了我先報了名！因此我略作思索便有所決定，我決定要去參加這場啤酒王大賽！我將我的決定告訴了妻，妻問我：「你不是已經封了杯，而且宣佈退出酒林，為何又要去參加什麼啤酒王大賽呢？」我答道：「為了自己以後在酒場上的方便，以及許許多多的朋友……」妻似乎有些不解，於是我跟她解釋：「如果我拿到啤酒王頭銜，以後在酒場上我不願陪人乾杯時，別人就不敢再揶揄、奚落我了；再者，有些朋友，我平時勸他們少喝點，他們都不聽，我想等到我拿到啤酒王頭銜後再去勸他們，應該比較有效些。而且依我的判斷，如果我不去參加的話，這啤酒王的頭銜，極可能被我好友黃君奪去，我不願他在酒林的虛幻榮光中，再沉溺及膨脹下去。如此的話，他遲早會出事的！」妻又說：「你已退出酒林這麼久，黃君可是未曾封過杯，你有把握能贏他嗎？昨天在一個慈善餐會上，我還親眼看見他，喝了至少三打台灣啤酒，你現在還有這個能耐嗎？」我答道：「我現在已經沒有這個能耐了！」妻說：「你既沒有這個能耐，還去參加個什麼勁呢？如此，豈不是自取其辱嗎？」我說：「我當然有我克敵致勝的辦法，只是我現在不說出來罷了！」妻十分不解的說：「這是硬碰硬的事呀！你肚量和酒量都比不上別人，我真不知你如何去贏這場比賽！」於是我開始了賽前練習，我練習的目的，並不在於量的多少，而在於喝酒的速度（因為啤酒王大賽，是有時間限制的），我這練習喝啤酒的速度，就如當今殲 -20 隱形戰機的速度！

該來的啤酒王爭霸戰終於來了，比賽開始，每個人面前放了三瓶台灣啤酒，算是資格鑑定，我只見黃君，大約只花了三分鐘的時間，便三大瓶下肚了，速度之快，令人嘆為觀止，全場為他響起熱烈的掌聲和口哨歡呼聲，新聞記者的鎂光燈對著他在閃爍，大家都認為他是今晚奪標的大熱門，只見黃君意氣風發顧盼雄飛，好不威風，我則不疾不徐的喝著，有如戰鬥機的巡航速度。當裁判宣佈時間到時，我也手起杯落，正好三大瓶喝光。初賽淘汰了三分之二的選手，留在場上的莫約還有二十個人，總裁判宣佈給我們二十分鐘的時間，在時間內誰喝得最多誰就是冠軍。

我的計策像是那萬米賽跑，我只緊跟著黃君，不讓他超前太多；但也不能使他感受到我的威脅，而一個勁的猛灌，如此我必將陷入苦戰，我必須得穩住陣腳，黃君一直以領先我一杯到一杯半的速度，在極其平穩的情況下喝著，他認為一直領先我一杯到一杯半，應是個很安全的保險量，很快的時間就要到了，當裁判開始二十秒倒數計時的時候，我的速度上來了，就如戰鬥機的駕駛員，推滿了油門，開啟了AB（後燃助推器）。於是我站了起來，抓起了啤酒瓶，將瓶口湊到嘴邊，咕嚕、咕嚕猛灌，那整瓶的啤酒通過我的喉頭，就如那浩蕩的長江通過那長江三峽，真是集天下之奇、天下之雄、天下之險於一身！觀眾摒住氣息，惟恐一出聲，我那啤酒就會從嘴角邊溢了出來似的，當裁判宣佈時間到時，我整瓶啤酒也正好喝完，觀眾響起了如雷的掌聲、口哨聲、歡呼聲，差點沒把房頂給掀翻過來，而黃君那啤酒，莫約只剩下小半杯！

當裁判宣佈我得到冠軍時，我極為不忍的看到黃君那失望頹喪的表情，我想走過去對他說些什麼；但我又不知到底該對他說些什麼，我只有佯裝醉態，由朋友扶了我離開會場。

各位酒林中的朋友們，在任何必須要開車的地方，本啤酒王極其誠懇的勸告各位，在喝酒場合上多加節制一些吧！因為惟有如此，我們才能盡到對社會、對家庭、對個人，所應盡到的責任！

最後並祝酒林中人，身體健康！生活愉快!!

我所經歷過的神鬼靈異之事

雖然有人說：「鬼神之事，信之則有，不信則無！」但世界上還是有許多我們無法解釋的靈異現象，所以孔老夫子才說：「子不語怪力亂神」以及「敬鬼神而遠之！」記得在空軍幼年學校受訓時，校方也開過有關《論語》方面的課程；但當年也只是為了要應付學校的考試，而胡亂的背了些《論語》上的句子，也未曾去深思孔老夫子為什麼要講這些話；但在自己跑南闖北，並在中國大陸、台灣、美國確實親身經歷過一些靈異事件之後，我方才了解到這兩句話所蘊含的深意，我認為孔夫子說這話的原因跟意思或許是這樣的，「靈異事件是有的、鬼神也是有的；但我們又搞不明白、弄不清楚這些靈異鬼神到底是怎麼一回事，所以我們就不要去隨便的談論，因為這些事情是說也說不清楚的，並且說了也沒有幫助；只要我們不要去詆毀鬼神，要帶著一顆虔誠敬畏之心就可以了！……」孔子無疑是個有智慧的人，其中「子不語怪力亂神」、「敬鬼神而遠之」，孔子的「不語」是一種高境界。他一方面讓人不要迷信鬼神，把最主要的精力用在「待人」方面，另一方面也讓人們保持必要的敬畏之心，不要狂妄自大、為所欲為。

記得我生命中碰到的第一件靈異之事，大約是在一九四九年的六、七月份吧，那時我六、七歲已經在成都上了小學，我們家是住在成都王家塘的一個四合院裡，四合院裡也住了七、八戶人家，有一天傍晚天還未全黑，只見隔壁人家丫頭抱了主人家莫約七、八個月大的小女娃，到四合院中間的院壩裡去玩，當這個丫頭抱了小女娃，面朝向院壩北邊水井時，那小女娃便顯得十分驚恐，不一會兒便嚎啕大哭；待那丫頭換一個方向時那小女娃又漸漸的平靜下來，那丫頭試了二、三次都是如此，於是她便將這件奇怪的事報告了她們家的主人，只見她們家中一個七、八十歲的老祖母，由屋裡走到院壩中，開口說：「想必是么妹的鬼魂又在鬧騰，那要在井邊燒香焚紙祭拜，她的鬼魂才會安寧。」不久老人家讓人在井邊燒香焚紙祭拜，在默禱後那丫頭再抱了小女娃面對水井的方向時，只見那小女娃顯得十分的寧靜一點也不哭鬧。後來那老祖母跟大家說：「么妹原是這四合院以前房東家的丫頭，因她和少爺談了戀愛，房東太太以門不當戶不對為由，要辭退么妹，而當時么妹已有孕在身，在少爺和么妹跪地苦求不允的情況下，么妹便跳了井，之後么妹的鬼魂便時常的出來鬧騰，前任房東夫婦，實在是被么妹的鬼魂鬧騰得受不了，所以也只有賣了四合院的房子搬到別的城市去居住了。

＊　＊　＊

凡是在台灣東港大鵬灣空軍幼校受過訓的每個期班學生中，或多或少的都會傳出大鵬灣鬧鬼的事情，有些幼校生還將鬧鬼的事情，說得是活靈活現、繪聲繪影的，說是半夜偶而會聽到日本兵出操喊口令的聲音啦！（東港大鵬灣原是日本海軍、水上飛機、航空基地）又或是傍晚在大鵬灣海邊抓螃蟹時抓來放到竹簍中的螃蟹會不翼而飛啦！又是什麼照相時所沖洗出來照片，後方好像會有模模糊糊的鬼影出現，似乎是戴了皇軍軍帽日本兵的臉龐啦！

我們幼八期有個外號叫孫大帥的同學，這人頗有些鬼精靈，幼校入伍時，我就跟他分到同一個建制班，我想或許我倆都講四川話有點臭味相投的味道吧，很快的我倆就成為了「鐵哥們」。過不久他告訴我說：「有兩次在刮風、下雨、打雷的晚上，我彷彿聽到了日本兵在出操、報數、喊口令的聲音！……」在我聽了他的「無稽」之談後，我哈哈大笑：「你真他媽的褲檔裡頭拉胡琴……瞎扯卵蛋！……」他說：「千真萬確的事情，下次再發生這種情況時，我一定找你一起來聽！」又是一個夏天風雨、閃電、打雷的晚上，我好夢正酣孫大帥卻把我搖醒，他說：「快些起來有情況！」於是我起了床跟了他到寢室外面的走廊，他告訴我：「你往海邊停機坪的方向聽去，絕對可以聽到日本兵出操、報數、喊口令的聲音！」於是我聚精會神的仔細往海邊停機坪的方向聽了一陣子；但是除了雷電風雨聲外我卻什麼都沒有聽到，於是我對他搖了搖頭，沒想到他從口袋內掏出了一副聽診器遞給我說：「你耳朵真背！你戴上這個再往停機坪方向聽聽看！」於是我便戴上了聽診器往海邊停機坪方向聽去，果然在風雨雷電聲中，我隱約的聽見傳來日本兵出操、答數、喊口令的聲音，聽得我是毛骨悚然、驚得我一身冷汗，我不想再聽下去，於是我對孫大帥說：「我相信你所講的啦！不過，你從診療所裡『借出來』的聽診器，趁夜趕快給人送回去吧，免得弄出事來！」

自第二次世界戰太平洋戰爭、中途島美日海戰，美國海軍取得空前勝利後，太平洋諸多島嶼皆被美軍攻克，美軍的攻擊矛頭便直指日本本土四島，日本軍國主義份子知大勢已去，於是便提出了「一億人民，全員玉碎！」的口號，當然，那時佔領台灣的日軍也在做全員玉碎的準備，於是他們便強徵台灣同胞進行在海軍航空兵基地建築地下通道等工事；但在日本戰敗向同盟國無條件投降之後，這些地下通道工事便被日軍所引入的海水淹沒。當年我們空軍幼校的校址就是東港大鵬灣原日本海軍航空兵基地，我們在空軍幼校受訓時，當地的老人家就向我們提過，他們於二戰時曾經在大鵬灣挖過地下通道。

記得在空軍幼校讀二年級的一個夏天，孫大帥有一天下午對我說：「我出公差到校本部大樓掃地時，發現一號樓後面有一扇被百頁鎖鎖住的生鏽大鐵門，據我判斷從這扇門進去，一定可以找到地下通道，怎麼樣？哪天半夜我們去『探探險』。」我說：「那大鐵門既然是被鎖住了，我們又如何進得去？」他哈哈一笑說：「區區一把百頁鎖，豈能難得倒我孫大帥！」

是日淩晨約莫一點鐘吧，睡夢中被孫大帥喚醒，只聽見他說：「走，我們去探險！」而當時寢室外面雷電交加、狂風暴雨的，我說：「算了啦！這個鳥天氣還去探個什麼險！……」孫大帥說：「就是這個鳥天氣才不易被人發現，怎麼樣，你害怕了？真是格老子的蝦子娃娃！（四川話，所謂的膽小鬼）」無奈之下，也只好穿了雨衣隨他往校本部大樓而去，定位之後，孫大帥已準備好蠟燭，我幫他掌著蠟燭，只三兩下工夫，他便將百頁鎖給弄開了，我倆一人掌了一支蠟燭，沿階梯往下走去，燭光照著移動的身影，只覺是鬼影幢幢的，雖然外面是閃電、雷聲、狂風、暴雨；而走在這地下工事的階梯上，卻是了無一點外面的聲息，只有我倆雨衣發出的唏嗦聲音，嚇得我們兩人是背脊發涼、頭皮發麻，直打哆嗦的！於是我小聲的對他說：「算了啦！回去吧！……」正在說話間，蠟燭突然之間全熄滅了，我驚嚇大叫：「有鬼！」孫大帥摀住我的嘴巴說：「別亂叫，當心被人發現，大概是越往下空氣不夠，所以蠟燭便熄了。」於是我們上上下下的試了兩三次，果然正如他所說的，低處空氣含氧量不足所以蠟燭才會熄滅，於是孫大帥說：「今天晚上就算啦！等我下次弄一支手電筒來再說！」過了半個月之後吧，又是淩晨一點左右，也是同樣的天氣狀況，孫大帥又來把我叫醒，我知道這碼事是無法向他推辭的，所以便隨了他，往校本部大樓的方向走去，在路上他告訴我說：「今天弄了支手電筒來，應該是沒有問題了。」於是我問他：「你是從那兒弄來的手電筒？」他說：「問值星官『借來的』！……」我說：「值星官豈肯把手電筒借給你，等下還是快些把手電筒給『還回去』吧！千萬別被發現了才好！」

人說「一回生，二回熟」這次我和孫大帥兩個人，順著手電筒的光束沿了階梯往下走去，走了莫約三、四十公尺吧，便到達了一處通道，通道約有二公尺高，一百八十公分寬，我們沿了通道往前走去，走了約有四百公尺左右，便聽到似乎是陣陣潮水拍擊海岸又漸漸退回海裡的聲音，我倆覺得好生奇怪又繼續的往前走，又走了約三、四十公尺，在手電筒的光束下，我倆看到一股潮水沿了我們前方的地下室通道向我倆迎面直撲而來，我們急忙後退閃躲，無奈躲之不及，因此我倆膝蓋以下全都被湧上來的潮水給浸透了。在我們尚未回過神的時候，似乎又聽到有人用鑿子鑿牆壁的聲音，也聽到了似乎是有工人用大鐵錘在擊打大石塊的聲音，這兩種聲音約莫持續了二分鐘之久，就在我倆被嚇得快要尿褲子的時候，突然聽到了很大的一聲吆喝似乎是出自日本監工的叫罵聲：「八嘎鴉囉！」這時，只見平時自翊膽大包天的孫大帥拔起腿就往上方的大鐵門飛奔而去，我也驚嚇得隨了他往同一方向奔去，兩人嚇得連鐵門都顧不得鎖，直接奔回了寢室。也顧不得夏天的悶熱蓋上了大棉被，即使將腦袋埋到大棉被裡頭還忍不住直打哆嗦，直到第二天早上聽到了起床號時，兩腿還在發軟、頭皮還在發麻！

就是在第二天上午，當校方發現校本部地下室大鐵門在夜間被人打開後，便安排我們幼年生要在夜間作校區巡邏，每次當我巡邏到校本部大樓時，還是被嚇得忍不住的直打哆嗦!!

就是在三十年之後，我終於在美國南方的一個鄉下，從一位老警官那兒知道了之所以會發生這種奇怪而可怕現象的真正原因！

話說我有位紐約的朋友，準備在賓西法尼亞州（Pennylvania）蓋茨堡附近（Gettysburg）一個叫回聲的小鎮（Echo town）開中式自助餐館。所以他在紐約曼哈頓唐人街的中國餐館設備工廠訂購了一批爐頭、油鍋、抓馬櫃……，說是要我的運輸公司幫他送過去，他並說：「你到了我新開的自助餐館，會有很多的員工可以幫你卸貨，所以你一個人開了卡車來就行了！」他並且和我約好要在隔天晚上八點鐘趕到，因為那個時間他餐館的員工才有空。

之後，一切的事情都照預定計畫進行著，到了第二天晚上十點多所有的笨重餐館設備全都安置到了廚房的定位。我想也是我該打道回紐約的時候了。卡車開在賓西法尼亞州蓋茨堡附近的鄉間公路上，突然之間狂風大作頃刻下起了暴雨，並加上強烈的閃電及巨大的響雷聲，當閃電瞬間擦亮夜空的那一剎那真是讓人一時之間睜不開眼，這個景象實在是令人感到有些恐佈；在這種情況下視線也變得越來越模糊，只能隱隱約約的看到前面的公路，我心想在這前不巴村後不接店的地方，也不能把卡車停在公路旁，萬一碰到落雷豈不是死得更慘！此時想到了胡適之的一句話「做了過河卒子，只有拼命向前！」於是我的卡車勉強的向前爬行。這時，似乎是有一部警車開在我前面，警車頂上閃著紅、黃、藍的警示燈，在雷電風雨聲中我隱約的聽見警車頂上強力的擴音器內傳來了"Follow me!"（跟我來）的語音，於是我跟了警車，開了約莫二十多分鐘，便進入了一個很小的鎮集，警車在一棟很不起眼的平房前停了下來，只見一個老警官下了警車，他示意要我跟他一起進入小平房，於是我便跟了他進入了小平房，在房門上有個醒目的標誌，上面寫了兩個英文字"Police office"（派出所）。

老警官對我說：「你膽子也忒大，在如此的天氣情況下，你居然還敢開車在空曠的公路上亂跑，你也沒有避雷裝置，萬一遭落雷擊中的話一定是車毀人亡，這種事情在我們這個地區，也曾經發生過二、三起吧！……」老警官並告訴我，他們那兒是一個很小的鎮集，只住有七、八百戶人家，鎮集上也只有他們這一個小小的派出所以及四個員警大家輪流當班。老警官並要求我，一定要等這打雷閃電狂風暴雨的天氣過去之後再行趕路，如果我想休息一下的話，也可以在他們派出所角落頭的沙發上暫時的瞇一下。

就是在我靠坐在小派出所沙發上，矇矓欲睡的時候，我似乎是聽到在閃電雷鳴狂風暴雨中，傳來了陣陣的軍號聲、戰馬急促的嘶叫聲，以及人聲淒厲的喊叫聲，並夾雜著沉重的砲聲，還有子彈呼嘯而過的聲音，我以為是在做夢；但再聚精會神仔細的聽聽，我確定這千真萬確的軍號聲、馬嘶聲、人聲、沉重的砲聲，還有子彈呼嘯而過的聲音！……於是我再也坐不住了，我極其驚恐的急步走到了老警官的辦公桌前，老警官看到了我滿臉驚嚇的表情時，他似乎是一點兒也不吃驚，只見他伸出了右手，示意我在他辦公桌旁邊的椅子上坐下，他開口了：「我知道，你聽到了一些奇怪的聲音；但不要驚慌，這只是個自然的現象……」我忙不迭地說：「自然現象？這明明是有鬼，怎麼又會是自然現象呢？」老警官說：「讓我來跟你解釋……」於是他指著辦公桌上的一台錄音機對我說道：「這是一台錄音機，你認為它是從那兒來的？」我說：「當然是從店裡買來的啦！」老警官笑了一笑：「我的意思是說，這錄音機中的一切零件，都來自於我們的地球表面和地球內部的物質，當這些零件組合在一起就成為了一台錄音機，當我們給它加上了電源，啟動了控制開關，它自然的也就開始工作了，說白了就是電與磁產生了作用；既然是製造錄音機的這些物質，都是存在於地球的內部和表面，因此當年南北戰爭時，南北兩軍於作戰中若是碰到了大的雷電風雨天氣時，他們那個地區就好似一個大的錄音機在錄音；因此當時戰爭時的所有聲音，便被錄了下來；而到了以後只要再碰到了大的雷雨和閃電天氣時，也只是將當年所錄下的聲音回放而已，而這種情節，在很多歷史紀錄和小說情節中，都有所描述……」於是我跟老警官聊起了我在台灣空軍幼校受訓時所遇到的怪事，老警官說：「這有什麼奇怪的，日本士兵為展示他們的武士道精神，所以在大雷雨閃電天氣時，他們也在出操訓練；至於你們二人在地下通道，聽到工人做工的聲音，以及日本監工的罵人聲，也是同樣的道理，是當時被自然界所錄下來的聲音，只是地下通道空間比較密閉，所以錄下來的聲音也比較大些……。」

因此，在那個狂風暴雨巨雷閃電的深夜，聽了老警官用科學的方式，對我所作的解釋及梳理之後，這堆積在我心中好幾十年的疑惑，也總算是被打開了！我也終於恍然大悟！而美國賓西法尼亞州蓋茨堡附近，也正是南北戰爭時的古戰場。其實這些靈異事件，也是合乎於自然法則的。正如老警官所說：「正因為人類一切的物質，都來自於自然界，所以阿波羅14號的太空人米歇爾（Ed Mitchell），在他登月返程時才感悟的說：「我和我探月隊友們的身軀以及這飛船的每一部份，早就孕育於恆古悠遠的星辰之中……」（The molecules of my body and of the spacecraft and of my partners were manufactured in some ancient generationof stars......）；而錄音機就是利用聲、電轉換及電磁轉換的原理，來記錄聲音的一種電訊設備；而大家也都曉得我們所居住的地球本來就是一個巨大的磁場，但當這個磁場遇到了雷電，當然就自然的發揮了錄音機的錄放功能，自然界之所以能錄到從前人打仗作戰的聲音這並不奇怪，因為這些聲音是特別的巨大，槍、砲的巨大聲音我們先不去說它，且說人聲吧，在戰場上，任何一個指揮官和士兵，在那生死存亡的緊急關頭，都是聲嘶力竭的在叫喊著，所以這些聲音是很容易被自然界的錄音機錄下來的！至於什麼竊竊私語、甜言蜜語，又是什麼枕邊細語，因為這些語音，實在是太柔、太細、太小，所以自然界的錄音機對這些聲音，也就錄不下來了。我有一次去法國旅遊，參觀一個路易十四時代的古堡時，當時正好也碰上了大雷雨的天氣，在雷雨聲中，所有的遊客都聽到了似乎是有人用鞭子在鞭笞犯人的聲音，以及犯人那淒厲而痛苦的喊叫聲，聽得所有的遊客是毛骨悚然，都說古堡中一定是鬧鬼、冤魂不散的！我於第二次世界大戰時，也曾參加過太平洋戰爭的硫磺島戰役；而於二戰後，因我任職於美國民航局（FAA），所以被派到了硫磺島去設立航空中繼站，我在那一段時間，常常的在大雷雨的深夜，聽到了當年美軍和日軍交戰時的廝殺聲、機槍聲、砲聲……。有一次我居然的聽到了當年我們的排長對我們這個班大喊：「注意！你們身後有日軍衝過來了！」然後我便聽到了，很密集的 M-1 半自動步槍射擊的聲音，和日軍衝鋒喊叫的聲音。因為當年這場戰爭的場景，是我所親身經歷的；而當我後來在硫磺島上，再聽到了自然界的錄音機，對當年戰爭的情況，所錄下聲音的回放時，因此我更深信有自然界錄音機存在的這麼一回事；至於二戰時，英、美空軍，對柏林的千機大轟炸，又或是美國在日本廣島和長崎投下了原子彈那麼大的動靜，怎麼大自然界的錄音機，都沒有把它給記錄下來呢？須知，無論是日間或是夜間對柏林的大轟炸，以及對日本的廣島和長崎投下原子彈，都是在晴朗的天氣情況下進行的，因此，若少了雷電的因素，這大自然界的錄音機，自然的也就無法去做紀錄的工作了……。」

就是在那狂風暴雨，雷鳴閃電的晚上，就在那不知名的美國賓州鄉下鎮集，我和那美國的老警官一面喝著咖啡，一面饒有興緻的聊著這些靈異之事，就在聊興正濃時，竟不知狂風暴雨、雷鳴閃電在什麼時候已經停歇了，此時東方的天際，已發出了魚肚色的光芒，我想，也是我該道謝告辭的時候了，在臨別時，我用英文跟他說了句中國成語，大意是：「與君一席話，勝讀十年書！」沒想到的是，老警官作了一個中國式的拱手，並用外國腔調的北京話對我說道：「後會有期！」這位美國老警官還真是見多識廣，他在各方面的常識，都是十分的豐富，我真是對他感到了十二萬分的佩服！

自從我在紐約開了長途運輸公司之後，當然，幫客戶搬家也是我長途運輸公司服務項目之一，自然的當我自己在紐約賣了房子，需要搬家時，當然也是用自己公司的卡車來搬家。但想不到的是，因為這一次的搬家，而改變了我們一家人在人生中某方面的走向！事情的前因後果是這樣的：

相信很多人都有買房子的經驗，買房子最大的目的，也就是給自己和家人安置一個住處，我在紐約買的第一棟房子，是買在紐約皇后區的傑克遜高地（Jackson high），那是一排連棟式的住家房，我右鄰住了一對年齡很老的法裔夫婦，因為我和我太太看他們夫妻倆實在是太老了（當時他們兩人，皆已是八十歲以上的高齡），所以我們在整理自家前後庭院時，也順便的幫這兩位老人整理一下（因為我們兩家人的前後庭院是連在一塊的）。有時我和我太太，要到超級市場去買些蔬果和日用品時，也會去隔壁問問二老，可有什麼他們需要的我們可以幫他們帶回來。如此的情況，約莫也持續了二、三年之久。

後來兩位老人家，可能是由於年齡越來越老、行動也越來越不方便，所以他們便決定要搬到養老院去住，當他們兩位把這個情況告訴我時，我對他們說：「到時候就用我運輸公司的卡車，將兩位的傢俱和雜物搬到養老院去就是了……」到了搬家的那一天，沒想到的是，他們還有一個兒子，由波士頓趕了過來幫忙，兩位老人給我介紹了他們的兒子，是一個大約五十歲上下年紀的中年人，長得非常斯文，他的名字叫 Tony，Tony 親切的握著我的手，並對我說：「謝謝你們夫婦照顧我的父母，因為我在波士頓麻省理工學院（MIT）當教授，所以比較忙些，也抽不出時間回來照顧他們，真是謝謝你們夫婦，這三年來對我父母的細心照顧……」

將兩位老人家安置到養老院，一切都安排妥當之後，Tony 說是要跟我聊聊，於是我們便找了一個 coffee shop（小咖啡店）坐了下來，他說：「再次的謝謝你們夫婦，這三年來照顧我的父母，我也注意了一下你們家裡的情況，你有沒有想過或是希望過，你們的兒女將來可以進入美國的長春藤大學（即美國十大名校，也是美國人俗稱的IVY）」。我說：「我從來就沒有想過。」他說：「為什麼？」我說：「我好像覺得，我兒女似乎是和我一樣，也不是什麼個讀書的料。」Tony說：「如果有機會的話，你們想不想試試？」我說：「當然想試試囉！凡天下做父母的人，誰不想讓自己的兒女進美國的長春藤大學？」Tony說：「衝著你這句話，事情就好辦了，要知道想要上明星大學，就必須先上明星高中，皇后區．貝賽（Bay side）就有許多的明星高中，而且我朋友在Bay side，就有一棟房子要出售，因為他們的兒子已考上了哈佛大學，所以他們夫妻倆也在波斯頓找到了工作，是要在波士頓陪他們兒子讀書。說起Bay side的那棟房子，可是大有來歷的，最早是一位知名的法國大學者住過，後來說也奇怪，凡是住在這棟房子的孩子，竟然沒有一個不進美國大學名校的！……」。

凡天下之父母，莫不是望子成龍、望女成鳳，我和我太太又怎能例外，別人姑妄言之，我們夫婦且就姑妄信之吧！於是我們便買下了 Bay side 的那一棟聽起來很有一些書卷味的房子！但說也奇怪，這年頭也不能不信「邪」，自從我們全家住進那棟知名的法國老學者所住過的房子後，我兒女似乎也轉了性，由喜好玩耍而變得喜好讀書，而我太太居然也去讀起了夜間部的社區大學，而我也由一個搬運工人，轉變成為了一個經常在紐約華文報紙上發表些文章的作家；而我空軍幼年學校的老戰友們都知道，我以前是未曾寫過任何文章的！非但如此，我還在紐約、中國大陸和台灣，分別的出了書。我只是覺得，我在 Bay side 那棟房子中很能靜下心來寫一些東西，後來我的太太也自社區的夜間部大學畢了業，並且在美國的保險公司找到了工作；而我的兒女，也如願的進入了美國的長春藤大學，現在他們在美國做醫生的做醫生、做律師的做律師，做電機工程師的做電機工程師！

我所要談的第二件事情是這樣：

讓我意想不到的是，在美國紐約從事長途運輸公司，倒可以從我所服務的客戶中交到不少的朋友！這種從客戶之中交到朋友的過程，說起來也不複雜。首先便是到了地頭後，在幫客戶搬家時，可能是客戶看到我們這些搬運工人，工作尚稱努力，也有一定的搬運專業技術和水準，而且我們說起話來也不是他們想像中那麼樣的粗魯，當我們和他們應對時倒也顯得禮貌得體……，因此，我們這些表現，是極易給他們留下一個並不算太差的印象。及至搬空了屋內的傢俱和雜物，通常客戶也多半是搭我們的便車，到他們的新居（大卡車駕駛艙內，有二排座位，前排坐司機和工人，第二棑可坐客戶及其家人），因為美國地方大，通常都至少要開上兩、三個小時的車，才會到得了客戶的新居，這二、三個小時，就可以說是與客戶閒聊的時間，聊著聊著大家對有些事情，可能有共同的見解與看法（也可能為了想要得到客戶較多的小費打賞，我們通常也是順著客戶的話題去聊！）也可能是彼此正巧有共同認識的朋友……，因此只要大家聊得投機，也就自然的會成為朋友了。

小丁便是在這種模式下和我成為朋友的，我幫他搬了好幾次的家，眼看著他的房子是越搬越大，所搬地區也是越來越高級，我著實的為他感到高興。不期然的有一天，我又接到了小丁給我打來的電話，他在電話中用極其興奮的語氣告訴我，說是他又在紐約皇后區（Queens）的白石鎮（White stone），買了一棟二家庭的新居，說是到時一定要我去幫他搬家。當然，幫客戶搬家，對我及我的團隊來說，就等於是我啤酒王喝啤酒一樣的順暢！因此，幫小丁搬新家的事，也很容易的三兩下子就解決了！

過了莫約一個禮拜之後吧，小丁又給我掛來了電話，在電話中他慌慌張張的對我說：「啤酒王！不好啦！鬧鬼啦！第一，我有一個小包包裝的都是些我個人的重要文件，竟不翼而飛啦！第二，我新買的這棟二家庭房子裡頭鬧鬼，怪不得這棟房子，我才能以這麼便宜的價格買下來！……」，我為了要穩住小丁的緊張心情，所以我在電話中是這樣回答他的：「大白天家的，什麼鬼呀神的，你那個小包包，明明是你那天搬家時，你下車時忘了拿，現在還在我這兒，我給你打了電話去，你也不接……，我今天有空，待我開了車把你的小包包送到你手上，順便來看看你家鬧的到底是個啥子鬼！……」

到了小丁的新居後，只見小丁驚驚慌慌的對我說：「啤酒王！大事不好，真的是鬧鬼啦！我這棟二家庭新居，一樓的廁所，到了深夜時，便有水的響動聲；但我從二樓的臥室，走到一樓的廁所去查看時，卻也是什麼都沒有發現，只是抽水馬桶便池裡的水中，有少量的衛生紙渣渣及少量的排泄物，你說這不是鬧鬼，那又是啥？……」我說：「這年頭豈有什麼鬼不鬼的，待我想想，幫你查明事情的原因！」

也是我的一位義大利老客戶，我於幫他們搬家時知道他家大兒子名字叫Eliot的，他是在亞里桑納大學（University of Arizona）學光學的，明年春天即將畢業，現在是暑假期間，他準備在紐約搜集些資料來完成他的畢業論文，他畢業論文的主題是，有關夜視儀器方面的東西，他想由實際的案例中，來顯示夜視儀器的功能，以及未來該種儀器在商業及軍事上之用途及發展（想當年這還是一門很新的學問）。於是我便告訴了 Eliot 有關小丁家所發生的怪事，Eliot 聽了我的講述之後，竟覺得非常的有興趣，於是我帶了 Eliot 到小丁家的一樓廁所，裝上了夜視及錄影等儀器。過了三天小丁打電話給我說：「昨晚深夜，一樓廁所，又有水的響動聲！……」於是我和 Eliot 到了小丁家，我們一起看了由夜視儀器和錄影機，所記錄下的影像。只見有幾條黑黑的像小蛇似的東西，在便池的水中游動。Eliot 說：「這是一種鱔類的水生動物，這種動物可以生活在很髒的水裡，這些水生動物一定是由化糞池裡頭順著便池的排糞管游上來的，牠們一定是到便池內水中來洗澡的，你灑幾包生石灰到化糞池內，這個問題，也就解決啦！……。」

於是我便帶了工人及撬棒等工具，將小丁家後院中那化糞池沉重的大鐵蓋給撬開，並灑了三包生石灰到化糞池裡面，問題就是這麼樣簡單的解決了。小丁說：「必定是前一任房主，認為是這房中有鬼，因此他在驚慌之下才以極為便宜的價格，將這棟房子賣了給我，這下子我豈不是賺到了嗎？」我說：「你有這個發財的命，是祖宗的棺材板都擋不住的呀！」

其實我覺得，世界上根本就沒有神鬼靈異之事，只是我們現在的科學還不能查明這些神鬼靈異之事的原因罷了！因此有人說：「世界上的科學，可歸納於自然科學和人文科學兩個大類……」也有人說：「其實人文科學，也是源自於自然科學。因為人類的許多發明與創造，都是來自於大自然的現象與啟發，譬如漂在水面上的落葉啟發了遠古的人類發明了獨木舟，天上的飛鳥啟發了近代的萊特兄弟於一九〇三年發明了飛機，幾乎人文科學所創造及發明的一切，在自然界就原已存在，因為在自然界早已就有了比原子彈更為強大的毀滅力量，而自然界的光、電、電波速度，豈是現代最新式的噴氣戰鬥機及空天飛機，所能望其項背的；人類創造了音樂而大自然早已就有了天籟之聲……。

因此我覺得，現代人類儘管在科技上有了偉大的成就，儘管我們可以不相信神鬼靈異之事，但我們一定要尊敬自然、愛護自然、敬畏自然，並與自然界和諧相處，也是現代環衛人士倡導的所謂：「時空一體，天人合一，萬物關聯……」（Time, space all together, Heaven and humen are same thing, and that was an overwhelming sense of oneness and connectedness……），我想唯有如此，我們人類才可以千秋萬代之姿，存活於天地之間！

正義的槍聲

我永遠記得那個遙遠的日子，那是上個世紀的一九七八年二月份即將要過中國新年，說得更確切點，就是在除夕跟中國新年相交的時刻，隨著那一連串清脆而密集的槍聲，只見那個來無影去無蹤、作惡多端、橫行於美國東部的餐館蒙面殺手，終於死在了我們幾個華人的正義槍下！

拖拉庫（大貨車）在684號公路上蜿蜒的行駛著，沿途經過的都是山區，山區中正籠罩著一層薄薄的霧，襯托著秋天的山色顯得更是分外的嫵媚動人。只見那濃密的楓林火紅一片，紅得是那麼燦爛、紅得是那麼耀眼，松柏更是蒼勁挺拔無畏於秋風的蕭瑟。一些不知名的樹兒黃裡透著綠，一陣風吹來，吹得那鵝黃般的樹葉漫天飛舞，煞是好看，我駕著拖拉庫，只見駕駛座旁的小李和小張，摒住了氣息、睜大了眼睛望著窗外，我知道他們已陶醉在這美麗的秋天景色；況且車上所載的貨物已順利交到客戶手中，大家的心情自然是感到無比輕鬆！拖拉庫剛駛過金橋鎮（Golden Bridge village），只見右前方的半山腰上有一座好美的中式建築，朱牆碧瓦、簷上飛龍雕鳳好不氣派，巨大的石牌坊上鐫了龍飛鳳舞的五個大金字「皇宮大酒樓」，小李哇的叫了一聲，用手指著半山腰說道：「這家中國飯店，真是蓋得豪華氣派極了！」我笑了一笑問道：「你們兩個人，想不想到『皇宮』裡去坐坐吃個便飯？」小張嘆了口氣說道：「想，當然想啦！可是如此豪華氣派的飯店，我們如何消費得起呢？」

我哈哈一笑說道：「沒關係，有我哩！」

於是我將貨車駛出交流道，直奔「皇宮大酒樓」，我將拖拉庫泊在停車場，旁邊便是好大一片蘇式林園，林木掩映中只見亭、臺、樓、閣，搭配上小橋流水，景色更是顯得有些兒詩情畫意，酒樓的正門更是雕樑畫棟金碧輝煌，連拉門的服務生，個個頭髮都梳得是油光油亮、西裝筆挺、所著皮鞋，更是擦得比那鏡子還亮！

小張、小李看到如此氣勢、如此派場，似乎有些畏縮，同聲對我說道：

「酒霸，算了吧！何必做冤大頭呢？如此豪華的飯店，我們又如何消費得起！」我仰天大笑：「別擔心，跟我進去吧！自然有我的道理！」二人怯生生的隨我進入飯店，但見飯店內陳設得無比古典雅致，處處裝飾著中國古玩琴棋字畫鼓瑟鐃鈸，顯得古色古香，一盆盆大小盆栽，或擺或吊，裝飾得整個飯店是千紅萬紫綠意盎然，一式的紅木雕花桌椅更是古樸莊重中，顯現了豪華，穿了雪白西服的服務生，是那麼樣的溫文有禮。服務生上前才要招呼，只見櫃台後一位貌似老闆的人物，站了起來疾步趨前，邊走邊道：「稀客、稀客，是那一陣風把酒霸給吹來了？」一面又吩咐服務生：「快去後面把二弟、三弟叫出來，貴客上門還不趕快出來歡迎！」三位兄弟包圍著我，對我噓寒問暖顯得無比的關懷與親切，於是大哥親自下廚，二哥上茶斟酒，三弟換碗盤佈菜，服務生更是不停的遞毛巾、上飲料……簡直把我們三人奉為上上的賓客，小張、小李如丈二金鋼摸不到頭腦，待酒足飯飽大家閒聊一陣，我們三個人又上了拖拉庫，直奔紐約而去！

在車上，小張、小李終於忍不住好奇開口問道：「酒霸，皇宮酒樓三位老闆似乎和你有很深的交情，又對你執禮甚恭，我想你們之間一定有一段很深的淵源是吧？」我答道：「其實也沒有什麼，只是因緣際會大家曾在一起打工賺錢，好似我們現在一般，只是中間有一段插曲，這段插曲可說是有其緊張及精彩之處，我和他們曾共同參與，之後他們開始發跡，我和他們之間，可謂是患難生死之交吧！」

小張、小李更是覺得好奇，急切的對我說：「酒霸，別賣關子了，天色也晚了外頭也沒啥風景好看，況且又是長途車，把人悶得慌，你且將這段故事說出來，讓我們聽聽如何？」

*　*　*

回憶將我拉到我在台灣空軍服役的時候，當時我擔任台北空軍松山機場消防隊隊長，有一天正值雙十節我和一夥消防弟兄在機場當班，下午空軍雷虎小組在機場上空表演飛行特技，技術之精湛看得我們是目瞪口呆，待表演完畢我集合了弟兄們來個機會教育：「天上的弟兄在精飛，我們地下的弟兄也不能太落伍，我們且在停機坪上擺幾個汽油桶，練練駕消防車的技術，務必做到進退自如，萬一有情況，別人開不進的巷道，我們開得進去，這才顯得我們是一支訓練有素的隊伍；而不是天天拉了蜂鳴器在街上耍威風、擺姿態！」自此以後，弟兄們和我切磋著駕駛消防車的技術，因此我們每個人都練就一付好身手，上山下海如履平地、大街小巷宛若游龍！

不久，我自台灣軍中退役了，抱著淘金發財的美夢來到十里洋場的美國紐約，憑藉自己有一些兒蠻力，以及過去駕駛消防車的經驗與技術，因此買了輛拖拉庫幹起了運輸行業。

記得運輸公司剛開始招兵買馬時，報紙上招工人廣告剛登出來，公司的電話便響起來了，對方操著極其生硬的國語，問我是不是要請工人，我要他到我公司來面談，對方表示他們一共是三個人，如果有三個空缺的話，他們不妨來一趟，否則便作罷。我心中盤算著，這次的確也打算招三個工人，既然如此，且請他們三人來談談吧，如能一次就請到三個工人，豈不更好。

辦公室進來了三個人，由他們長相看來必是兄弟無疑，他們皮膚黝黑、體格偏瘦，我想像中的搬運工人應該是虎臂熊腰、孔武有力。他們並不符合我的期待，和他們聊了一陣子，知道他們是坐了難民船剛由被越共解放了的越南逃出來的華僑，來紐約才一個多星期，他們找工作是處處碰壁，於是我同情之心油然而生，決定僱用他們。

他們三個人果然是親兄弟，三個人學習能力極強，而且又捱得下苦、耐得住勞，我真覺是將遇良才；更意外的是，三個人也頗能喝上兩杯，工作之餘，我們便成為親密的酒友，酒拉近了我與他們之間的距離，也增進了我們彼此間的友情，由言談間我了解到，自西貢淪陷之後，華僑所面臨的慘況實非筆墨所能描述，因此我只有對他們更加的愛護與鼓勵，這樣我們在一起相處與打工，計有兩年之久。

有一個週末，我們又照例的聚在一塊聊天喝酒，言談間他們向我提出想自己創業，要我給他們些意見。我說：「你們的想法，我十二萬分的贊成，你們不畏艱險坐了難民船飄洋過海來到紐約，除辛苦打工賺錢外，還有自己創業的打算，我很高興你們有這種想法，惟守成不易創業維艱，宜謀定而後動，多少人因一時的衝動，把辛苦打工的積蓄，貿然投資於沒有把握的生意上，結果，非但血本無歸還倒欠一屁股的債，所以未投資前一定要小心謹慎，因為我們只能吃補藥不能吃瀉藥……」，他們聽了我這番言語後，向我表示，開餐館他們較內行，因為他們家以前在西貢就是開餐館的，而且他們做出來的菜色也頗受駐越美軍歡迎，我於是連連點頭贊成他們的決定，並答應他們替他們留意有關餐廳買賣方面的消息。

不經一事，不長一智，買餐飲店表面上看起來很簡單；其實其中學問大矣！尤其對一些沒有什麼資本的人來說更難，因為地段好、生意旺的店，他們三人買不起；而他們買得起的店，都是地段不好，出不了什麼生意的店，大夥兒尋尋覓覓了一個多月，看了近百家店，卻沒有一家店是讓大夥兒稍稍滿意的！

有一天凌晨，莫約二點多鐘，一陣電話鈴聲把我從夢中驚醒，心中正在納悶這麼晚了什麼人會打電話來？拿起了話筒，只聽到一陣女人哭泣的聲音，半天她才邊哭邊說，要我去幫她搬家越快越好。我答應當天早上八點便去，心想對方一定發生了重大事情。於是我帶了三兄弟開了拖拉庫到了地頭，原來是家中國餐館，樓上住家樓下開店。叫開了房門，出來了一位中年婦人，只見她蓬頭垢面、一臉悲戚，還來不及問話，後面又出來一位七十多歲白髮蒼蒼的老人，老人家示意我們到一邊似有話要對我們說，我們跟了老人走了進來。只聽老人長嘆一聲，臉上的表情十分痛苦，他說：「可憐呀！剛才那個婦人是我媳婦，她和我兒子，在這邊開餐館，昨天晚上約莫十點多鐘，餐館正要打烊，工人都散了，突然間，衝進一個帶了黑面罩的劫匪，不由分說開了二槍打死我兒子，然後搶了收銀機裡的錢，奪門而去……」我們四人聽了，內心感到一陣子難過，我問老人：「你們現在有什麼打算？」老人嘆息說道：「還能有什麼打算，我只有讓媳婦和孫子，先搬到我們倆老那兒再說。」我又問：「那麼你們的餐館如何處理呢？」老人搖搖頭說道：「到了這步田地，只有一切都放棄了，因為這個店聽說前後已有三個華人老闆死在蒙面劫匪的槍下了！」這時三兄弟的老大問老人道：「你們當時頂下這個店花了多少錢？」老人道：「錢不算多才十萬美元。」老大又問：「那麼這個店的生意好嗎？」老人道：

「因這個地區的人很喜歡吃中國菜，所以生意很好，我兒子媳婦除可賺得工錢外，合計下來之後他們每月至少也可有二萬美元存入銀行。」老大接著又說：「那麼你們這一走，就是無條件的把這個店還給房東，那你們當時所投資的十萬元，不是也泡湯了嗎？」老人嘆了口氣道：「這也是很無奈的事情呀！你想想看，一個飯店已有三個老闆都被劫匪槍殺，誰還敢來買？即使有人來買我也不忍把這個店賣給他！」於是老大十分誠懇的對老人說：「老先生，我看就這樣吧！我是一個直性子的人，也不瞞你說，我們三兄弟都是由越南逃出來的，三條命可說是撿來的，我想再危險的事也嚇不倒我們，我們也想在美國闖出些事業來，說明白點，我們想頂下你這個店繼續的做下去，你們也不必將這個店無條件的交還給房東，當時你們既然花了十萬美元頂下這個店，那我也願付十萬美元給你們，請將這個店轉讓給我們吧，相信這十萬元對你們會有一些幫助的！」老人聽完老大的話後說：「年輕人，你所說的一切我都了解，並且對我們目前的處境是十二萬分的有利；但你可得考慮清楚啊，這可是玩命的事情呀！」老二、老三也附和了說：「不用考慮，只要你同意，我們就快些辦手續吧！將來如果有任何不幸的事情發生，我們絕不後悔，並謝謝你今天提醒我們！」如此三言兩語，這樁買賣竟也就談成了；當時似乎我想插嘴說些什麼；但一時之間又摸不到頭緒，所以我就暫時沒說了，只是頭腦中閃過一連串的念頭，我雖沒有講任何話；但內心中已有所決定。首先我想要知道，這家餐館前後三位華人老闆被劫匪開槍打死後，警方現場紀錄是如何寫的，於是我花了錢請了律師，向警方取得了三次槍擊事件的現場紀錄。坐在律師樓裡，律師給我講解現場記錄的內容。發現三次事件，有下面幾點共同之處：⑴發生的時間都是在晚上十點多鐘，餐館即將打烊之際。⑵根據目擊者報告，劫匪都帶了黑色面罩。⑶每次做案的方式，都是開槍打死管收銀機的人，然後由收銀機裡搶了錢，迅速奪門而逃。⑷三次劫案中，警方只有一次採集的指紋比較完整，另二次指紋比較零亂；但經比對，警方懷疑劫匪是同一個人。

有了這些資料，於是第二天晚上，我約了三兄弟，要他們到我家喝兩杯，傍晚時分，三個人興高采烈的來了，老大是滿頭滿臉的油漆，老二左手大姆指上纏了紗布，老三走起路來跛呀跛的，我笑問他們怎麼搞成這付德性，三人像小孩似的搶著對我說：「我們正在裝修及整理剛頂下來的餐館，老大油漆天花板，所以弄得滿頭滿臉的油漆，老二釘掛衣架時，一錘子砸到自己大姆指上，老三換招牌從木梯上跌下來扭到了腿……」儘管如此，三人臉上都流露出一股掩飾不住的高興！酒過三巡菜過五味，我咳了二聲清了清喉嚨說道：「首先我恭喜你們，將要自己創業了，別的事我都不擔心，我最擔心的是安全上的問題，在安全方面，你們可有什麼防範措施？」

三人聽了我的話之後，只是面面相覷，半晌回答不了我的問題。我面色十分凝重的對他們說：「你們三人已被創業沖昏了頭，這麼重大的問題，為什麼一點都沒有經過大腦？」三個人被我一激，老大開口說話了：「說實在的，我們也想過安全上的問題；但又有什麼用，我們又不能跟劫匪去商量叫他不要來搶我們，況且，這家店已被搶過三次了，劫匪應該不會再來了吧！我們的運氣該不會差到這個地步吧！如果真的碰上我們也認了！」我聽了老大的論調後，心中實在生氣，我一本正經的說：「看你頭腦平日很清爽，你剛才說的一堆廢話，我也不知是說些什麼，什麼事情和運氣去打交道，那還搞得好，要知道你們一年三百六十五天都要敞開大門做生意，你們不可能單單靠運氣啊，再說碰上就認了，這是一句多麼喪氣的話，若你們被那形同瘋狗的劫匪開槍打死你們又甘心嗎？」一席話說得他們啞口無言，隔了半晌，老二說道：「酒霸說得對極了；但安全上的問題，我們確實沒有辦法，還請酒霸在安全方面給我們提供一些好的意見及作法，來來來我們先敬酒霸一杯！」大夥兒乾杯後，我從壁櫥裡拿出二個沉重的帆布袋，接著對他們說：「安全的法則，首先是要你們有足狗的自衛能力。」一面說話，我一面打開兩個手提袋對他們說：「你們這次創業，我沒有什麼東西送給你們，我特地到德州買了三把航空曲尺和四百發子彈，我已在『打擊魔鬼射擊俱樂部』，幫你們報了名，從明天起，你們要勤練射擊，劫匪既是用開槍打死人的方式搶錢，那麼你們必須在他開槍前先發制人……」還沒等我說完話，老三冷笑一聲說道：「搶劫的人，事先又不會和你打好招呼說是要來搶劫，你可事先作好防範，如果劫匪突然衝進來，見人就開槍，這又如何提防？……」我心想老三說得也確實是個道理，於是我拿出警方的三份紀錄，就我所知跟他們作了一個分析：「根據警方紀錄，三宗劫案發生的時間都是在餐館打烊之後，因為那時是收銀機裡錢最多的時段，因此在這個時段宜提高警覺，再者，根據相關資料顯示劫匪應是同一個人，我個人判斷，他再來搶的可能性極大，兵家有云『知己知彼，百戰百勝！』我已有獵殺這條瘋狗的計畫，明天我再到你們餐館，實地的勘查地形、地物、地貌，佈下獵殺瘋狗的陷阱，到時候我們要有一個信念，就是不怕這條瘋狗來搶，只怕這條瘋狗不來搶，他萬一來了，就要他嚐嚐挨子彈是個什麼滋味，要大家知道我們華人並是不好欺負的，我們更要為三位死去的華人老闆報仇！」

第二天，我到了他們餐館三個兄弟陪了我勘查地形、地物、地貌，我於四週巡視一遍後，臉上露出了笑容，三兄弟忙問道：「酒霸好像想到了什麼，且說出來給大夥兒聽聽。」於是我說：「這個地形對我的獵捕計畫大大的有利，且看櫃台後面有個小小的儲藏室，你們可在儲藏室門上裝一塊單向玻璃，可以由儲藏室裡面看到外面，而外面卻看不到裡面，其次在玻璃下方開一個小活門。這個門可以由儲藏室裡面來控制。」三人好似不了解我要他們這樣做的目的是什麼，於是我更進一步給他們做了一番說明：「我全盤的計畫是這樣，就是當每天餐館快打烊的時候，由老大將櫃台上的收銀機搬到儲藏室裡面，由老大在儲藏室裡結算當天的帳目；而櫃台上再放一個空的收銀機，櫃台椅子上坐一個假人，假人體內裝上電子零件和小馬達，可以控制假人做一些簡單動作，好似在結帳一般，當然櫃台上面燈光要調暗些不要叫劫匪看出是假人，劫匪習慣是先開槍射人，再槍收銀機裡的錢，老大在儲藏室裡聽到槍聲，不要猶疑應立即打開儲藏室裡的小活門開槍還擊，務必一槍擊中要害，讓他沒有機會逃走！」他們三人聽了我這番解釋，算是明白了我的意思，老二想了一下問道：「酒霸這條計策，是有機會獵殺到這條瘋狗，只是到那兒去弄個假人？」我哈哈大笑說：「你們只知道我酒霸會搬搬扛扛，我告訴你們吧，我以前在台灣空軍從事了五年的精密電子修護工作，做這個把個假人對我來說，只是小菜一碟，是一件易如反掌的事情！」

他們的餐館開張了，三兄弟兢兢業業、合作無間，營業額直線上升，我十分為他們感到高興，在安全上一直也是風平浪靜；但我還是隨時提醒他們，要提高警覺、千萬不可掉以輕心。農曆年快到了，妻對我說：「自他們三兄弟去開餐館後，你們已經好久沒聚在一塊喝酒聊天了，年三十我燒幾個菜請他們來吃年夜飯，大夥兒聚聚！」除夕那天晚上，我開了車去接他們，紐約的冬天寒風刺骨，空中微微的飄著雪，街上人車稀少，原來綠油油的青草地也是枯黃一片，街邊的大樹枝椏上更是清潔溜溜顯得無比單調，只能用蕭條二字來形容，枝頭上的老鴉冷得呱呱亂叫更顯得肅殺，他們開餐館那個地區的名稱叫做槍砲山（Gun Hill），也來得個恐佈，我駕了車眼看著就要到他們餐館了，突然看到路旁松林裡，有微弱的火光在閃動，顯然是有人在松林裡抽菸，我心裡還在想這人莫非有神經病，這麼寒冷的天怎麼會跑到松林裡去抽菸；但突然間一個念頭，就像是電光石火一般，閃過我腦際，於是我加大了油門，直衝餐館而去！

停下了車，我打開車內的抽屜，拿出了38左輪別到了腰上，我三步併二步的跑進了餐館，這時距他們打烊還有十幾二十分鐘；但已經沒有客人了。他們看到了我慌張的神色覺得有些奇怪，老大忙問道：「酒霸今天緊張兮兮的，可是發生了什麼大事？」我表情十分嚴肅的對他們說：「今晚極可能有情況，大家提高警覺，各人立即準備就緒，帶了自己槍枝，進入射擊位置。」他們三人不解的問：「酒霸，你怎麼知道今晚會有情況？」我說：「由一些蛛絲馬跡，以及我的直覺，現在不是解釋和分析的時候，大家快些行動！」於是老大將收銀機搬到儲藏室，櫃台上換上了空的收銀機，並且將假人插上電源放置於椅子上，假人雙手還扒在桌上像是在結帳，同時老大將櫃台上燈光調暗、一切OK，老大端了槍進入儲藏室。老二攢進了洗手間，手中握了槍由門縫向外窺視。我和老三進入廚房，由門上預先留下的射擊口向外監視。只見老三緊握著槍嚴陣以待，一時之間，空氣顯得十分緊張而沉悶，我和老三瞪大了眼睛，注意著外面情況，時間也好似被緊張空氣給凍結住了，一分一秒過得是如此的漫長，十分鐘過去，外頭靜悄悄的一點情況都沒有，我心想莫非是我神經太緊張杯弓蛇影草木皆兵嗎？正想要是否要宣佈解除情況；但我又一想，大夥兒去我家吃年夜飯，又不急在這一會兒，寧可信其有，不可信其無，再看看錶，才十一點二十分，且等到十一點半再說吧。老三似乎有點鬆懈下來，連打了二個哈欠，我用手肘碰碰他，意思是要他打起精神來，老三對我擠擠眼、聳聳肩，好似說我有些兒空穴來風，製造緊張！

隨著時間一分一秒過去，我也有些兒信心動搖，莫非根本沒有人在松林裡抽菸，八成是我眼花了胡思亂想，時間似乎是又過得快些，看看錶十一點半又快到了，心想要不要宣佈解除情況，又想著很多戰役的勝利，都是能堅持最後五分鐘，我也應再堅持五分鐘，老大悶在儲藏室裡似乎是不耐煩了，在儲藏室裡大叫：「酒霸，等了已經半個鐘頭，怎麼都沒有情況，是不是⋯⋯。」老大話還沒有說完，只見門牆外閃出一個黑影，我連忙用低沉的聲音叫道：「住口！有情況！」黑影撞開了玻璃門，臉上果然是蒙了黑色面罩，左手握了一管大號左輪，搶匪身高約有六米四，體重起碼二百多磅，稱得上是人高馬大，黑影三步併二步衝近櫃台，不由分說朝著假人連射二槍，待他發覺射的是一個假人，正待轉身要逃，卻不知自己已陷入天羅地網之中，說時遲那時快，一管38左輪，三管航空曲尺，瞬間開火了，只聽見蒙面人發出一聲淒厲的慘叫，那叫聲真如鬼哭神號一般，眼看著蒙面人轟然倒下，三個兄弟可能是神經緊張過度，因此航空曲尺轟個不停，竟轟完了槍內所有的子彈，只見蒙面人全身上下，被轟得有如蜂窩一般，鮮血泊泊流出！

我立刻打電話向當地警局報告了情況，不久來了四輛警車，下來了荷槍實彈的警員，也有刑事技術專業勘驗人員，一夥人進來二話不說，首先根據他們所帶來資料，詳細檢查並比對劫匪指紋。不久鑑識人員臉上露出了笑容並宣佈：「槍砲山殺手伏法！」一餐廳內所有的人一陣歡呼，十多個警員過來和我們四個人熱烈的擁抱握手，並說：「中國人，你們真是了不起，這個悍匪，不知在槍砲山跟美東地區，做了多少搶劫商店及餐館開槍殺人的案子，作案手法狠毒，行動飄忽快速，堪稱來無影去無蹤，讓我們警察傷透腦筋，對他是束手無策；沒想到他今天，居然會栽在你們幾個勇敢的華人手上，你們真可謂是為民除害了！」

三兄弟餐館招牌，被當地居民摘了下來，幫他們換上一副光輝奪目的金字招牌，上面只大書了一個英文單字"HERO"（英雄），從此，他們的餐館，車如流水馬如龍，真是人山人海，客來客往，生意強強滾，鈔票如排山倒海而來，來勢之兇猛，竟連祖宗的棺材板都擋不住……!!

說到這裡，紐約也近了，半山腰上，看到了紐約的萬家燈火，煞是雄偉，啊！紐約！紐約！多少華人在這兒謀生，在這兒奮鬥，願老天保佑他們個個平安！願他們個個都能完成淘金發財的美夢!!

我與紐約曼哈頓唐人街之華人堂口組織

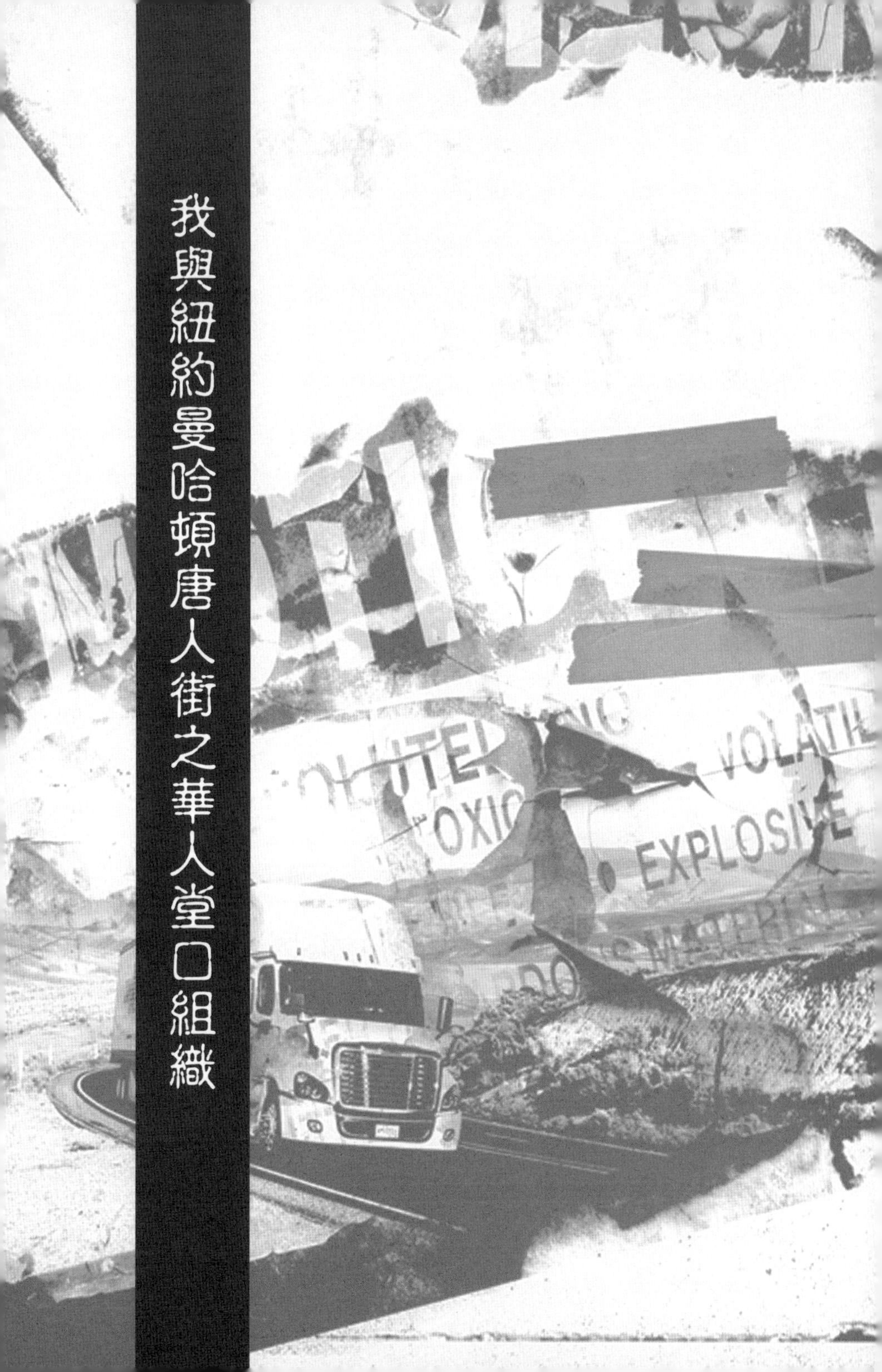

無論是中外凡是談到了黑社會，大家都似乎覺得他們有些神祕色彩，一般人多少也有些好奇。相信很多人都看過一部電影，片名叫「上海灘」，如果你要我評價這部電影的話，我會說：「電影嘛！怎麼能拍得好看、演得好看、怎麼能吸引到觀眾，那就怎麼去拍、怎麼去演唄！」畢竟，「上海灘」只是一部電影，其實，電影中的黑社會跟真實世界的，是有很大出入的！

全世界最大的一處唐人街，位於紐約曼哈頓下城（曼哈頓是一個狹長的小島，街道多以阿拉伯數字編號來命名，30街之前稱下城，曼哈頓唐人街的位置，更是在第1街以下，所以才說唐人街屬於曼哈頓下城）。中外人士，都稱曼哈頓唐人街是個風水寶地，它最大的特色，便是各式大小中國餐館林立，而且每家都是物美價廉，故吸引了大批紐約當地人及世界各地觀光客去大快朵頤，此外其他城市所擁有的公司行號，各色店鋪、超市、銀行、郵局……唐人街都一應俱全，在堅尼路上（Canal St.）華人所經營的的金銀鑽石商鋪，也是一家挨著一家，少說也有個一、二百家吧，由於他們價格公道，且店內香港師傅工藝精湛，因此吸引了不少顧客上門，家家生意不俗，個個店東更是賺得滿盆滿缽。既然紐約曼哈頓唐人街是個商業鼎盛的風水寶地，自然地它也是滋生華人黑社會堂口的溫床！

我一向認為自己屬於正派的人，即一般人所謂的白道；但我卻是擁有一張紐約曼哈頓唐人街華人最大黑幫某堂口的ID亦稱pass（身份證明），關於在下得到這張pass的緣由，講起來也真是所謂的「孩子沒娘，說來話長！」我且就在下面，簡單的交待一番吧：

唉！有人說：「人生是一個錯綜、人生是一個偶然，在錯綜與偶然之間，便決定了一個人的命運！」不錯，我也是在錯綜與偶然的機緣裡，得到了這張曼哈頓唐人街黑幫堂口的Pass！那是我從台灣來到紐約之後，不久便開了長途運輸公司，或許是對客戶的服務還可以，所以便在華人圈中有了些許口碑，有一回在紐約開銀行的陳董事長大力推薦下，去幫天王中的巨星嚴俊、李麗華夫婦搬家，我前後總計幫他們搬了四次（間隔時間有個三、五年吧），由於他倆名氣響亮（李麗華且是國際巨星），所以每次搬家時，都會有很多紐約華人圈中的名人來「關心」，當然，曼哈頓唐人街黑幫某堂口老大李某便是其中一位，且每次搬家時他都到場，他看來甚是熱心，且對影帝、影后也非常謙恭有禮。話說是第三次去幫李麗華夫婦搬家吧，或許他們還滿意我的服務態度吧，所以特地對黑幫李堂主講：「你人面廣，以後有搬運的生意，就介紹給趙老弟吧！」當然，黑幫堂堂主給影、影帝后一個交待，也曾介紹過二、三單小生意給我，這算是我跟黑幫李堂主的第一次接觸。

後來李堂主及他們的堂口取得了台灣啤酒在美國的代理權，他們堂口為宣傳及促銷，便在中外報刊媒體刊登了大幅廣告，要在紐約舉行了一場盛大的「美東啤酒王大賽」，他們並請來一個牛高馬大喝啤酒以加崙計綽號「大酒桶」的美東酒林第一高手代表他們堂口參賽，堂口所轄賭場並開出一比一百的賠率以為宣傳，或許他們認為「大酒桶」的酒量了得，是一艘不沉的航空母艦，應該是沒有人在喝啤酒方面可將其擊倒；但很不幸的，那一艘不沉的航空母艦，卻遇到了航母殺手，便是中國的「東風-26飛彈」，因為那次美東啤酒王大賽，我確實跌破了中外人士的眼鏡；在眾多酒林高手的爭奪下竟由我這個在紐約毫無一點知名度的人，奪得了美東啤酒王頭銜！比賽結束後，李堂主很有風度的向我道賀，並用廣東話對我說：「估蒙到倪榮杯酒敢鰓力」（想不到你喝啤酒，是這麼強而有力！）之後，有報社老闆要求我寫一篇，奪得美東啤酒王的感言，於是我寫了生平第一篇文章，便是「王者之酒」，文章內容多是我在美國辛苦當搬運工的一些感慨與無奈，經報社披露後，引起一些華人打工族的共鳴，一般來說，紐約讀者對這篇文章的反映還不錯，所以報老闆便要我每週供一篇稿，從此我也人五人六的在美東華文報刊上寫起了文章，漸漸的在紐約僑界我也寫出了些許知名度。有一天，「美東華人選民協會」理事長來我家拜訪，邀請我加入選民協會，並對我說：「別老寫些甚麼你在美國跑長途運輸，所遭遇到的打架、拼酒、妓女、槍戰、賭場……之類的文章啦！幫忙多寫些鼓勵華人在美參政的文章，以提高華人在美的政治地位……」由於平日我也覺得，華人在美甚無政治地位，所以我毫不猶豫的加入協會，成為協會負責文宣方面的理事！

在一般紐約打工仔的眼光裡，美東華人選民協會的理事就是大家心目中所謂的僑領了，因為他們都是華人中知名的學者、醫生、律師、企業家、商會會長……。自然，紐約很多華人也想加入協會擔任理事，黑幫堂口的李堂主，不管他是基於沽名釣譽，或是為自己打知名度，或是其他原因，他也混進了協會當上了理事，他負責的是籌款，因為任何公益團體，如果沒有經費支持的話，是無法運作的，華人選民協會又何能例外；雖說協會並不缺少經費；但任何一個慈善公益團體，那有嫌經費多的呢？李堂主既然能大量捐款給華人選民協會，因此眾理事也歡迎他的加入。其實在美國這個地方，尤其是在上層社會裡，黑道、白道，甚至於影視界，本來就有著千絲萬縷的關係，就拿美國總統的選舉來說吧，也少不了美國黑手黨的變相捐款！再拿美國的名女人，朱迪斯．坎普貝爾．艾克斯納來說吧，她曾是美國總統甘迺迪的情婦，她也曾經是歌王法蘭克．辛納屈的女朋友。而且，她還曾是芝加哥黑手黨頭目薩姆．詹卡納的情人；換言之，她在幾年之內，跟這三位在各自領域裡呼風喚雨的男人都有過關係！

雖然黑幫李堂主比我有錢，而且又具有勢力；但在紐約華人選民協會裡，我卻可以和他平起平坐！他可能也在想：「這個台灣來的退伍空軍，除有二把蠻力外，酒量也確實了得，還會寫些歪文章，現在居然被他混進美東華人選民協會當上了文宣理事，竟和我可以平起平坐了！」或是他也會想：「今天這個世界在進步與改變之中，我們堂口亦應與時俱進，我們不能再故步自封，應該吸收些中國不同省份的人……」當然，以上也只是我的猜測，因為在某次選民協會開會前的空檔時間，他看似十分有誠意的邀請我參加他們的黑幫堂口組織，並說：「那天我派人把堂口 I.D.（識別證）送給你！」或許他心中可能在想，邀請我加入黑幫堂口，是給了我趙某人天大的面子；但對我來說，這也是一個無法拒絕的「邀請」，因為以我微小的力量，是得罪不起他們的，說白一點，就是我如果得罪了黑幫堂口，那我以後在紐約也別想再混下去了！就是在如此情況下，我得到了一張紐約黑幫堂口的 Pass！

那時也有幾個中國留學生在我長途運輸公司打散工，當他們知道我有一張紐約華人黑幫堂口 Pass 後竟非常好奇。有一天和他們在一塊喝酒聊天時，有人對我說：「聽說有了紐約華人黑幫堂口 Pass，便可以在曼哈頓唐人街白吃白喝……」我說：「你們想到唐人街打牙祭，我請客就是了，也花不了幾個錢，何必去白吃白喝……」接著有人說：「哎呀！你是寫文章的嘛，何不真實的去體驗一下！」我想想也對，「你這話倒有些兒道理，好吧，我們且去試試，進餐館時，我胸前掛上黑幫 Pass，假如吃完喝完，他們不收錢，表示這張 Pass 在唐人街還真是罩得住；但最終，餐費我們還是要付的，我不信我們堅持要付賬，老闆有不收的道理！」

於是有一天，我們這夥人，便去了唐人街，在霧街（mott st.）上，隨便找了家中國餐館，大家進入餐館還未坐定，跑堂大哥看到我胸前掛的是黑幫 Pass 後，似乎顯得有些緊張，只見他小跑步入內室，請出貌位似老闆的人物，親自招呼我們，他臉上堆滿了笑容，用廣東話很客氣的問道：「各位貴賓，想食底嘛野？（各位貴賓，想吃些什麼？）」於是我們隨便點了些酒菜，待吃完喝完，我去櫃台付賬時，想不到櫃台小姐對我說：「蒙該，呢的朋友幫呢白著。」（對不起，你的朋友替你付了！）但我堅決表示要付賬，她又很客氣的說：「蒙該，我的蒙可以收佐二次。」（對不起我們不能收二次賬！）無奈之下，付賬的事也只得作罷！

當時我心中在想，這應該是我第一次也應該是最後一次在紐約使用黑幫堂口Pass，這只是證明了這張黑幫堂口Pass在紐約曼哈頓唐人街，還真是罩得住！

南國挖寶記

VOLATILE

TOXIC

EXPLOSIVE

MATERIAL

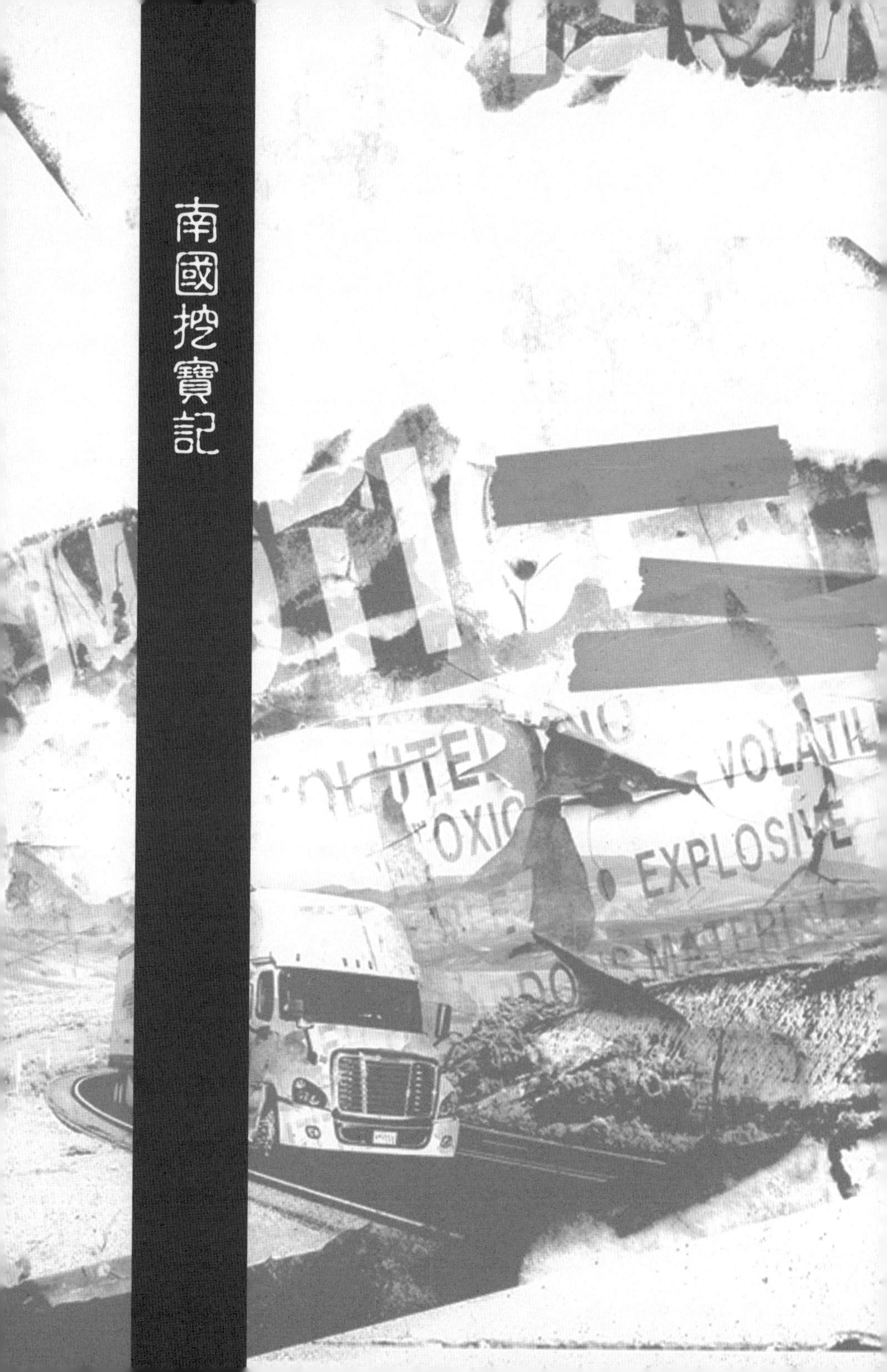

記得那還是上個世紀的一九五八年代，台灣上演過一部好萊塢的影片，片名叫做「北國尋金記」，該片倒是頗有些意思的探險片。之後的一九七六年我便去了美國，並在美國搞過很長一段時間的長途運輸公司，就在我投身長途運輸公司期間，亦曾經歷過一次有趣的「南國挖寶記」，回想起來其過程也頗值得玩味。

胡小毛是我以前在台灣從小玩到大的朋友，我跟他的交情絕非泛泛，記得在我未到美國前，胡小毛在台灣可說是窮得搭搭滴，經常是我請他在路邊攤吃炒螺肉、喝喝紅標米酒加保力達P，吃完喝完兩人嚼一嚼檳榔，哇靠！那種感覺真爽。有一年我由美國回到台灣，胡小毛特地到桃園機場來接我，當我下了飛機第一眼看到他時，我便知道他是真正的發了，只見他穿著那英國毛料筆挺的西裝，右手無名指上戴了一枚好幾克拉的鑽戒、左手腕上掛著勞力士金錶，頭髮和皮鞋都是那麼樣的啵亮，飽滿的額頭和白裡透著紅的面頰，看他那付神采飛揚笑容可掬的模樣，不是發了還是什麼？跟胡小毛熱烈的擁抱，他用右手拍了拍我道：「啊！酒霸，等你好久了，我胡小毛今天是真正的發了，發了財之後的感覺真好，不見見老朋友、不請請老朋友，豈不是等於錦衣夜行嘛。酒霸，走，我請你做皇帝去！」

「啊！做皇帝我在行，我做皇帝比人強！……」在由司機駕了那輛朋馳轎車裡我和胡小毛唱著那「江山美人」電影中之插曲，司機在中壢一家觀光大飯店前停了下來，我和胡小毛被一群鶯鶯燕燕簇擁著進入一間金碧輝煌、舖陳豪華的大廳，只見在罩了大紅布的大圓桌上，擺滿了滿漢全席以及XO，胡小毛給我引見了什麼大太監小李子、小太監小德張，又是什麼三宮、六院、嬪妃、才人，胡小毛並向大家宣佈，我是今天的真龍天子酒霸皇帝，眾人一聽紛紛下跪磕頭：「皇上萬歲、萬歲、萬萬歲！」哦！看來是玩真的了，我也煞有其事的應道：「平身！」於是眾聲說：「謝皇上！」然後紛紛起身，我問胡小毛：

「這是幹啥呀？」胡小毛舉起了酒杯，哈哈大笑：「我請你做皇帝呀！酒霸，別管，今天好好地做你的皇帝吧！」大太監小李子給我罩上了龍袍，我拿起了鎚子，敲了一聲鑼，於是那風流兼下流、肉麻當有趣的做皇帝節目便開始了……

＊　＊　＊

接到一通胡小毛由台灣打來的國際電話，說是要到紐約來看我。唉！我回台灣，人家招待我去做皇帝，人家來到紐約，我又拿什麼招待別人？管他娘的，胡小毛又不是不知道我的情況，這年頭又不是每個人都有發財的命！

搭了開往大西洋城的巴士陪胡小毛到那兒去賭兩把吧，進了賭場，胡小毛就坐上了賭二十一點的檯子，我則去玩吃角子老虎，正玩得起勁，覺得有人在我肩上拍了一下，我回過頭來看到一張好熟悉的老外臉孔，他手臂上還挽了一位美得不能再美的金髮女郎，我打量對方，他那一身上流社會的打扮令我覺得納悶，我應該不會認得這麼樣的人物，於是我開口：「請問先生有什麼事嗎？」對方仰天大笑道：「哦！酒霸，你真的把我給忘記了……」經他這麼一說，啊！我想起來了，他應該是史密斯先生，於是我開口：「史密斯先生，真沒想到是你！」他接口道：「你今天怎麼會到這兒來玩？」，我答：「是陪一位好朋友來玩的……」一面說，我一面用手指了指胡小毛的方向，史密斯道：「今晚你們別走，讓我好好的招待你們，我會為你們開一間總統套房，啊！酒霸、三人樂隊、香檳、鮮花、魚子醬，還有如花似玉的兔女郎陪你們，快快樂樂的渡過香艷美妙的一夜吧！抱歉的是我不能陪你們，我還要陪我蜜糖……」我哈哈大笑接口道：「史密斯，那我們大家就各忙各的囉！謝謝你給我這麼大的面子！」史密斯回應：「謝什麼，你是唯一受得起我如此招待的人。」啊！總統套房，香檳、三人樂隊、還有香艷火辣激情的兔女郎……這完全是異國的情調，異國的聲色犬馬；但同樣都令我與胡小毛靈魂出了竅，彷彿人還沒有死，便早一步進入飄飄欲仙的天堂！

坐在史密斯為我們提供的Limosine（大而長的豪華禮車）上，在返回紐約的路上，胡小毛忍不住好奇問道：「你和那史密斯是什麼關係？他不但如此盛大的招待你，竟連我也一起招待，據我所知一個老外如果和你沒有特別交情，他是不會如此招待你的，酒霸，這到底是怎麼一回事呀！」

在胡小毛再三的要求下，我告訴他關於一段奇緣妙想：那還是在紐約剛開長途運輸公司之後不久所發生的事，那次是送一批貨到埃爾帕索去，那兒已是美墨邊境了，拋完了貨經10號公路折返紐約，在一個不知名小加油站內加油，一個十八、九歲的美國男孩趨前來說：「你是中國人嗎？」我答道：「有什麼事嗎？」他說：「我卡車拋錨在草原上了，你可否幫個忙？我會支付你一切開支的。」看到男孩臉上那十分焦急的表情，於是我問：「你要我如何幫你呢？」對方回應：「我們先去草原上我拋錨的卡車那裡，我要取些食物和飲用水，然後將食物和水送到我哥哥那裡，再不送去，他可就沒吃沒喝了！然後我們再折返拋錨卡車那裡，請你幫我把卡車拖到修理站去，這就完事。」駕了卡車載上了他，由10號公路交流道岔了出去，莫約再開了二十哩便沒路了，面前呈現了一片無垠的草原，啊！像極了那無邊無際的綠色海洋，有半個多人高的草兒迎著微風在搖拽，遠遠望去就好似一波波的浪潮，啊！這景色真是壯觀極了！男孩從袋裡掏出了指北針說：「我們進入草原後往北北東的方向行駛，莫約二小時後，便可到達拋錨卡車那裡，取了食物和飲水後，再開一個多小時就可到達我哥哥那裡。」我問：「這草原地夠堅實，能開卡車嗎？沿途有加油站嗎？」他答：「其實我們所駛的路線，原是西部拓荒時代驛馬車的路線，只是年代久遠被茅草給淹沒了，至於汽油我哥哥工作場地裡多的是。」

卡車進入草原後速度也慢了下來，我問男孩：「你和你哥哥在草原上做什麼呀！」他笑了笑說：「中國人，告訴你也不打緊，我和我哥哥在一個廢棄農莊附近挖寶呀！」哦！挖寶，這年頭還有寶可挖？我又問：「挖到沒有呀！」他答：「如果挖到了我們兩人現在還會坐在你的卡車上嗎？」哦！對了，挖到了寶不是就發了嗎？一個發了財的人是不可能現在和我一塊坐在這輛破卡車上的。我們駕了卡車終於找到汽車拋錨的地點，取得了食物和水，一個多小時後又到了男孩和他哥哥所謂的工作場地。只見一個二十歲左右的男孩操縱著怪手，在一棵大樹附近挖著，當他看到我們的卡車，便跳下了怪手飛也似的跑了過來，坐我旁邊的男孩對我說：「這是我哥哥，他叫湯姆．史密斯，哦！忘了告訴你，我叫約翰．史密斯。」湯姆對他弟弟說：「怎麼這麼久才回來？我以為你出事了！」約翰向他哥哥說如何碰到我這個中國人，我們又如何去轉駁飲水、食物。湯姆聽了他弟弟說我是中國人後，好像顯得很高興說：「哦！中國人，太好啦，我從書本上看到過，他們從地圖上，就可以找到地下水源，我們那挖寶地圖也拿給他看看吧，讓他給我們指點迷津，總強過我們四處亂挖！」我聽湯姆如此一說，於是我雙手一攤：「你們說的可能是中國挖井專家吧，那可不是我！」湯姆好像沒聽懂我的話，走到帳棚內拿了一張外面罩了透明塑料袋的地圖，攤到卡車引擎蓋上，我瞄了一眼是一張老舊的軍用地圖，地圖中間靠左上方畫了個十字，十字上方註明了經緯度，這個經緯度位置，似乎就應該是他們目前挖寶的位置。

看到他們兩兄弟十分年輕稚氣的臉龐，我很懷疑他們能由一張簡單的軍用地圖上，判斷出正確位置，於是我開口說：「這只是一份古老的軍用地圖。」兩兄弟答：「不錯呀！你第一句話就說得十分內行，不過你怎麼曉得是軍用地圖呢？」我說：「很簡單，因為軍用地圖都會標出地形的高低，較密的線代表高地，較疏的線代表低地。」我接著又說：「我懷疑你們是否判斷對了位置，位置不對是永遠挖不到寶的呀！」兩兄弟異口同聲說：「中國人，你也太瞧不起人了，這位置……」說完話後他倆到帳棚內拿出一堆資料，我一看不外是世界總圖、地區分圖、分分圖……我又問：「你們用什麼方法定的位？」於是二人給我說了七、八種定位法，什麼用指北針啦、根據太陽及星座啦、風向啦、植物生態啦……，說得倒也在行，於是我根據世界總地圖及地區分圖，用指北針幫他們核對了一下，和他們定的位置也基本上相符，接著我又說：「位置雖是定對了；但這個位置所涵蓋的面積，也有十平方哩，在十平方哩的範圍內去挖寶，豈不像在海裡撈針嗎？」兩兄弟道：「中國人，你說得十分有道理，不過軍用地圖右下角畫了一些圖案和一行英文字母，我們實在猜不透是什麼意思，你可不可以給我們提供一些意見？」

我往地圖右下角看去，共有二行註釋，第一行畫了四個圖案，似乎是四棵樹，第二行有一小排英文大寫字母是這樣寫的：「DIARY-K」，我看了這二行註釋後，略一思索便道：「畫了四棵樹，莫非寶藏埋在樹的下面，至於

DIARY照字面解釋是日記，後面跟了一橫和一個K的字母，卻又不知是什麼意思？」兩個人十分高興的說：「中國人，你的想法和我們一樣，所以在這十平方里內，我們見樹就挖，不瞞你說上百棵樹的下面我們都挖過了；但連寶貝的影子都沒有，至於那幾個英文字母，我們也弄不懂那代表什麼？」於是我問了他們這張地圖的來歷，「我們的曾祖父母是南方的財閥，南北戰爭爆發後，我曾祖父在南軍掌管財務，常奔波於南方各州為南軍籌措軍餉，後南軍節節敗退，我曾祖母為逃避戰火便搬離了農莊，有一天曾祖父來到曾祖母遷居的地方交給了曾祖母這張地圖，並對她說：「好好地收藏這張地圖，等戰爭結束我們把寶貝挖出來，便可以過著像皇帝、皇后一般的奢華生活……」於是這個傳說和這份地圖便傳了好幾代，直到現在才傳到我們兩兄弟手上。我在沉思著，想到以前在台灣軍中所使用過的密語和電碼，似乎有一些靈感像花火一樣在我腦際閃爍，我燃起一支菸一面在思索、一面在吐菸圈，菸圈冉冉升起變得越來越大，終於隨風而散，我腦際中一點點兒像花火般的靈感，似乎也隨風飄散，聽完他們所講的故事，我覺得該把他們拋錨在草原上的卡車拖到修理廠去，因為辦完了他們的事，我還有自己的生意要做，於是我載了湯姆的弟弟往草原上前進。

卡車緩緩的行駛在草原上，引擎發出均勻而單調的轉動聲，奇怪的是我腦海中一直盤旋著他們所給我講的故事，好似揮之不去般，突然間一個靈感像電光石火般的閃入我的腦際，我用中文大叫了一聲：「他媽的，有了！」我突然一百八十度調轉了車頭，往他們挖寶的地方開去，約翰在一旁驚愕片刻後才問：「中國人，這是怎麼回事，難道……」卡車還沒停下，湯姆迎上前來道：「中國人，莫非你有什麼新發現……？」我跳下了卡車：「有，將地圖拿出來吧！」於是根據地圖我向他們問道：「這個農莊上，原來是不是有建築物？」兩兄弟答：「有呀！離這兒七、八哩，有個很大的廢棄莊院，據說原是曾祖父母居住的地方；但那兒沒有樹呀！」我說：「莊院內以前一定有四棵大樹，想來是南北戰爭時，被軍隊砍掉當柴燒了，樹的根莖是一定在的，或許現在被野草給淹沒了，我們可以開車過去看看。」

開了車到達一處很大的破舊莊院，整座巨大的半磚木房已呈半傾倒狀態，果然在長滿半個多人高的野草院內，發現了四根二呎來高粗壯的大樹根部。看到這個情況，兩兄弟大樂：「中國人，你真行，我們就在這兒挖，一定可以挖出寶貝來！」我說：「你們千萬別從這裡開始挖，那是白費工夫。」他倆不解的問：「為什麼？」於是我說：「你們還記得地圖上那幾個英文字母嗎？」兩兄弟道：「記得呀！那是DIARY-K，但那又代表什麼意思呢？」我接著說：「這原是你們曾祖父，告訴你們曾祖母的一句話，地圖上每一個英文字母都代表一個單字，這六個字母所代表的單字我已破譯出來了。」兩兄弟聽我如此一說，都睜大了雙眼，急切的問：「你破譯出來的意思到底是什麼呢？」我說：

「D代表dear，I就代表我，A代表always，R代表remember，Y代表you（親愛的，我永遠都記得妳）。至於後面那一橫，表示最後一個字母，和前面那些字母是有連貫性的；而最後一個字母K，是最重要的一個字母！……」當我說到這裡，由他們兩兄弟臉上急切而緊張的表情來看，他們的心似乎都快要蹦出來了，兩人發出十分急促而宏亮的聲音：「K到底代表什麼意思？」我仰天大笑答道：「K代表kitchen所以你們應從這棟廢棄大樓的廚房開始挖！」兩兄弟說：「中國人你真行，你說得真是有道理，你先別走，等我們挖出寶貝來，一定分你一份！」我答道：「不，我把你們拋錨的卡車拖到修理廠後，我也得趕回紐約了，有很多生意都在等著我。」兩兄弟不解的問：「為什麼呢？其實你多接這幾單生意也賺不了多少錢，不如跟我們一塊……，我真搞不懂你們中國人……」我答道：「你們不用去搞懂中國人，我們中國人有句話說該是你的就是你的，這原是你們祖先留下來的寶貝，當然是屬於你們的呀！這原也不應該屬於我的！」兩兄弟對我的解釋做出似懂非懂的樣子，接到他們又說：「你總得告訴我們你的電話號碼呀！等我們發了，得請請你才是！」「不用了，以後我們有緣總是會碰面的，我已耽誤了不少時間，我真的要趕路了！」於是我催促湯姆弟弟和我一塊上路，兩兄弟又說：「你的名字總可以告訴我們吧！」我答道：「朋友都叫我酒霸，你們也叫我酒霸好啦！」說完後我便開了卡車，載了湯姆弟弟而去!!

小雨故事的紐約版

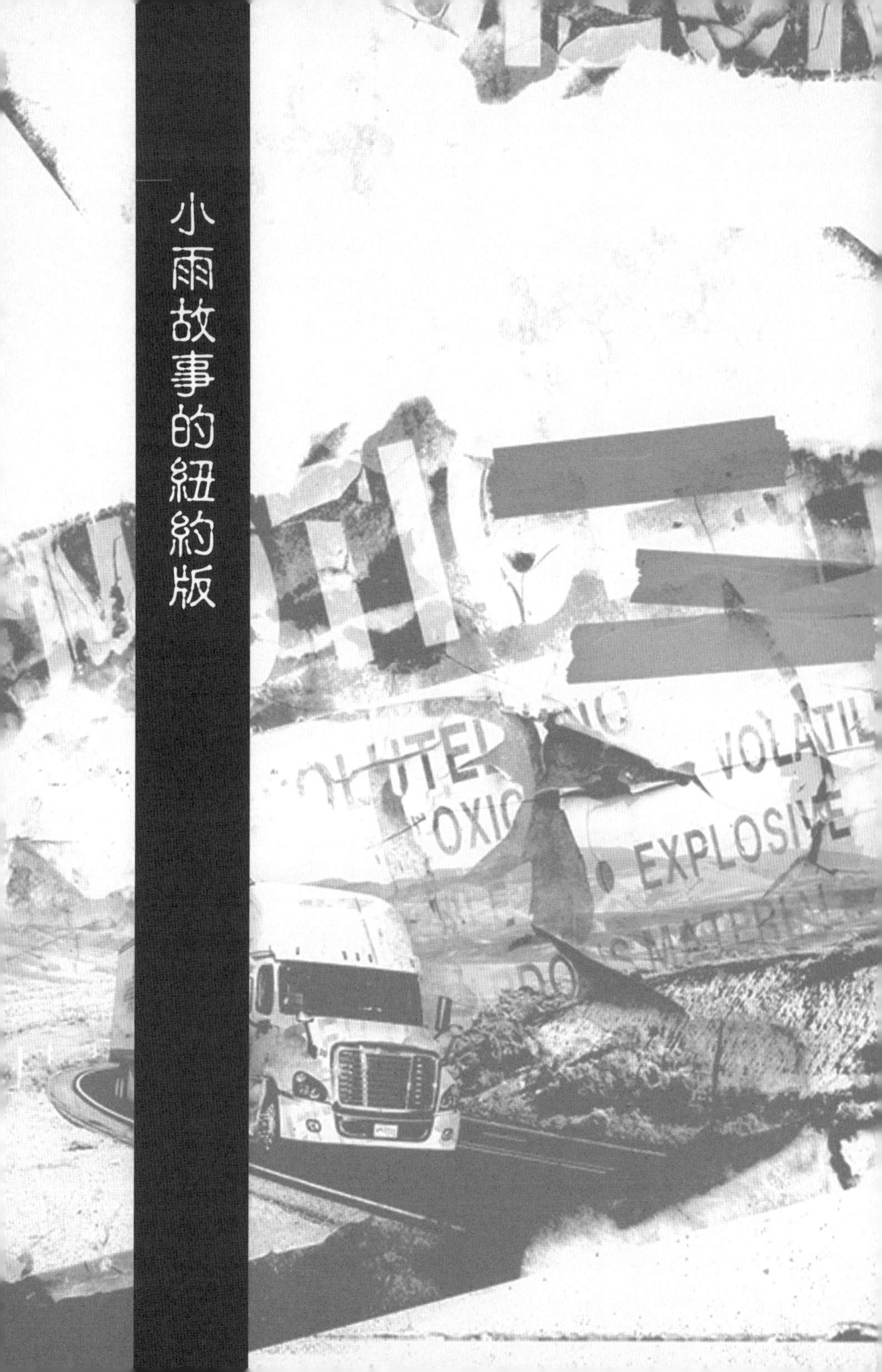

根據在下的江湖見聞及人生經驗，世界上只有天生的殺手，並沒有天生的妓女，幾乎毫無例外的每一個女人在淪落風塵之前，都有一段悲慘而淒涼的故事。而「小雨故事的紐約版」又何嘗例外；只是小雨在沒有淪落為妓女前，我便認識她，並且我們彼此之間曾經還是無話不談、十分坦誠要好的朋友。正因為如此，所以對我來說，「小雨故事的紐約版」要比其他少女沉淪的故事更加的淒婉、悲涼些！

當日運輸公司又接到一單跑長途的貨運生意，清晨起了個透早，這紐約冬天的清晨真是冷得個出奇、天寒地凍的！在昏暗的街燈下，吹著那凜冽的西北風，疾步的趕到了停車場，小張早已在那裡縮頭縮腦的等上了，我問道：「小李呢，怎麼還沒有來？」小張應道：「不知道呀！」於是我跟小張上了卡車，將引擎發動並打開了車上的暖氣，一面溫著車一面等著小李，莫約過了十多分鐘吧，才看到小李氣喘吁吁的跑了過來，等小李跳上車後，我便轟大了油門駕了大卡車朝著康州進發。

大卡車在 High Way 上奔馳著，引擎發出了均勻而單調的轉動聲，小張終於耐不住這寂寞而沉悶的空氣開口發言了：「喂，小李，昨天晚上你是不是又跟騷娘們攪和上了？不然怎麼早上爬不起來！昨晚你是打八國聯軍，還是打韓戰去了？」只見小李瞅了小張一眼，哼了一聲：「你真是狗眼看人低，難道你以為我小李就只配去打八國聯軍跟韓戰嗎？告訴你吧！昨晚我去統一中國了，我和一位上海姑娘可是纏綿了一夜呢，哇塞！這姑娘真是正點極了，真是讓我爽快過癮到了極點！」於是小李猴急的問道：「這上海姑娘叫什麼名字？是那家按摩院的？我也要去找她！」小李道：「哈哈！你去找她，你捨得花這麼多錢嗎？」小張道：「只要物有所值，又有什麼不捨得花錢的，你要是不肯告訴我，那就算了！」小李道：「唉！她又不是我的老婆，我又有什麼不肯告訴你的，告訴你吧，這位上海姑娘是在霧中花夜總會伴舞兼做 Short Time 的，她的名字可是詩情畫意得很勒，叫做『小雨』。」當小李說出了小雨這個名字，我聽了之後微微的一驚，然後我問道：「小雨，可是那左臉腮幫子上有顆美人痣的小雨？」小李聽完我的話之後也略略微微的一驚：「不錯，難道你跟她也有……？」我長長嘆了口氣說道：「我跟她之間倒是沒有什麼，只是小雨的命實在是太苦了，唉！自古紅顏多薄命……」小張、小李兩人聽我這麼一說，都好奇的睜大了眼睛同聲道：「哎呀！酒霸，別在這兒賣關子了，有什麼淒婉悲涼的故事，且說出來給我倆聽聽，長途車可是悶得慌，到康州的客戶那兒還有兩個多鐘頭勒，你且將這故事說出來，大夥兒也解解悶吧！」

＊　＊　＊

這是三年多以前的事了，昔日在台灣讀中學時的一位好友小武，他為了一筆生意由台灣來到紐約，咱哥倆能在紐約這異地相逢彼此都感到格外的高興，小武這幾年做貿易生意，真可謂是做得風生水起是真正的發了！男人嘛，就是這麼一回事，鈔票一多又有幾個是安份的，正如中國人所說的：「男人有錢就變壞！」小武在台灣，可說是一個十足的花花公子，他年紀雖也有一些了；但那花心卻是一絲兒未減，對歡場上的女人尤其是捨得花錢，小武有一句名言是：「歡場上的女人，你只要捨得花鈔票，是沒有擺不平的！」他在台灣玩得不亦樂乎，而且他不但是在台灣玩，就是連歐美及東南亞的歡場小姐他也照玩不誤，因此小武頗為幽默的說：「五嶽尋花不辭遠，一生愛在花間遊！」他都一把年紀了，竟玩得連婚都忘了結，有人勸他結婚時，他都會說：「結婚？成天的都守著一個女人多單調，等我小武玩夠了再結婚吧！」記得以前我在台灣時，小武常說：「生我者父母，知我者酒霸！」小武這話說得沒錯，因為對歡場女人有著濃厚的興趣，是小武的嗜好，就像我酒霸對喝酒有濃厚的興趣，是我的嗜好一樣，我尊重小武的嗜好，小武也尊重我的嗜好，基於彼此間的尊重，所以我跟小武就由同學，變成了極為要好的朋友，最後我倆的感情竟變得好似親兄弟一般的了！

當然，像小武這一號人物來到了紐約，我總得要幫他安排些風花雪月的節目，於是我開門見山劈頭便問：「小武，你喜歡那一國的女人？」小武一聽哈哈大笑說：「酒霸，不瞞你說，這個世界我小武也玩遍了，比較之下我還是喜歡咱們中國的姑娘！」

對華人打工族來說，紐約的夜是單調而乏味的，因為要考慮到經濟上的因素，所以可供華人打工族晚上去消遣的場合真的還不太多。我跟小武晃進了一家叫「霧中花」的華人夜總會，小武是歡場的行家，他一進「霧中花」就給了那徐娘半老的女經理四十美元的小費（其實女經理就是台灣的媽媽桑），並對那女子說：「請幫忙找兩位漂亮的小妞來坐檯。」只見那女經理堆上了滿臉的職業笑容道：「哦，看來兩位倒是行家，現在漂亮的小姐只有一個，我先請她來陪你們兩位坐坐。」經理帶來了一位全身上下罩著白色絲綢洋裝的小妞，她有著一頭烏黑、柔軟、濃密如波浪一般的秀髮，她那眉宇間帶著了一絲淡淡的哀愁，這哀愁益發的顯得她楚楚動人，她有著細嫩光滑的皮膚，她的面容可稱得上是眉清目秀，我覺得她似乎有些不像在這個場合混的女人。問了她名字，她告訴我們說：「小雨。」啊！人如其名，連名字都是那麼樣的清麗動人！

小武以財大氣粗的口吻發了言：「酒霸，你們紐約的華人夜總會，怎麼這麼樣的 LOW CLASS，台北的八流夜總會也比這兒強些！」我未及開口小雨便說：「其實第八流的夜總會在紐約華人圈中也就夠了，因為除了兩位先生外，到這兒來的客人多半都是第九流的！」我看得出小武在聽了小雨這段話之後，是有些不愉快；但小武並未將他的不愉快表露出來，未表露出來的原因，絕非是小武風度好，而是小雨那清純動人的模樣把小武給震懾住了，因為小武的脾氣我是最了解。之後小雨轉檯去了，小武對我說：「酒霸，小雨這小妞沒有話說，夠正點，讓我十分的傾倒，我一定要把她弄到手！」於是我接口道：「你有把握將她弄得到手嗎？」小武十分輕狂的邊笑邊說：「唉呀！酒霸，到了紐約你也該見見市面了，這歡場的女人還有什麼用鈔票搞不定的！」那晚，小武給了小雨很豐厚的小費。並且連續好幾個晚上我都陪著小武去捧小雨的場，小武展開了銀彈攻勢就是為了要把小雨弄到手，小武一直在加著上床的價碼，最後已加到了二萬美元，小雨還是一個勁的在搖頭，小武不解的問道：「小雨，奇怪了，妳不想賺更多的錢，既然這樣來歡場混個什麼勁呢？」於是小雨流下了眼淚，小武慌了、忙不迭地說：「小雨，妳怎麼哭了？我說的是真話呀！」小雨拭去了淚：「我在上海已有了很要好的男朋友，我是為了他才來這兒坐檯的呀！因為他也想來美國和我相聚；但他說辦來美國的手續需很多錢打通關節，必須走後門才出得來，我是一個弱女子，那有能力去賺很多的錢，所以只有到這兒來坐檯！」小武聽小雨這麼一說，像是一隻鬥敗的公雞，頹喪的將整個身子往後倒在沙發上。半晌，小武才欠起身來說：「小雨，我以前在台灣讀大學時，也有一個很要好的女朋友，就像是那廉價愛情小說中所描寫的故事，我倆曾在花前月下海誓山盟，非君不嫁非妾不娶；但大學畢業後她便去美國留學了，當年我家裡比較窮是無法供我去美國的，最後她在美國嫁了個留學生，從此，我這顆心便被她給揉碎了；因此在我發達之後，我對女人便有了十分不正常的心態，同時我也變得十分的低俗，成日的追逐聲色犬馬。女人，成為我生活中的點綴，似乎也只有如此我才能得到滿足與快樂。小雨，我十分佩服妳對愛情的堅貞，我真想見見妳的男朋友，看看到底是怎麼樣的一個幸運兒，以後我不會為這碼事再來打擾妳；但我願意和妳做個朋友，大家有空時聊聊天、談談人生，談談生活和感情上的煩惱，談談心靈上的空虛與苦悶、談談生命、談談夢想。哦！對了，我下個禮拜就要回台灣去了，今後妳如有困難，可以打電話給酒霸，他一定會通知我的，我也一定會盡力的幫助妳！」

＊　＊　＊

在一九八三年吧，我決定要到中國大陸去旅遊，臨行前我掛了個電話給小雨，小雨在電話中說：「太好啦！你可否幫我帶些錢去上海交給我的男朋友，那我就不用再寄了！」

是日我抵達中國，還來不及休息就先幫小雨去辦事，朋友陪我在外灘搭了四十二路公交車，在大世界下了車，這兒是上海的南市區，找到了小雨男朋友住的地方，是公寓中的一個單位，這幢公寓以美國的眼光來看，並不是十分的起眼；但在當時的上海已是很不賴的了。來開門的是一位十分飄逸而俊秀的年輕人，他跟我熱烈的握著手，並自我介紹道：「我就是花逸夫……」於是我將小雨託我帶的美金交到了姓花的手上，略為坐坐聊聊便告辭了。

上海的空氣十分混濁，出門時我都會戴上白色口罩，照照鏡子連我自己都不太認得自己，朋友陪我到復興公園去逛逛，在公園裡我看到一對年輕男女，肩並肩、相依相偎的，坐在鴛鴦椅上耳鬢廝磨著並當眾的在擁吻，我心想上海倒是滿開放的嘛，再定眼一看，這男的豈不是小雨的男朋友花逸夫嗎？我心想：「他媽的，混賬王八蛋，這種男人還值得小雨去愛嗎？還出賣色相賺了錢給他寄去！」於是我將相機換上了望遠鏡頭，躲入對面樹叢中咯擦、咯擦，把那些親熱畫面都一一的攝入鏡頭之中！

回到紐約之後，我便將那一疊彩色照片交到了小雨手上，小雨在看了照片之後，氣得是臉色發青，只見她全身都在顫抖似乎是想要說些什麼；但她的喉嚨卻卡住發不出聲音來，緊接著她的眼淚竟像是一串斷了線的珍珠般奪框而出、漱然而下，如此情況竟然持續了好幾分鐘。莫約過了半個時辰小雨方才止住了哭泣，她拭去了眼淚，想不到她對我說的第一句話竟是：「酒霸，快些幫我打電話到台灣去給小武吧！要他盡快的來紐約找我，我不要他的金錢與報酬，因為如今，金錢對我來說已經是沒有任何意義了！我要對花逸夫展開報復……」

於是我掛了電話到台灣給小武，小武在電話那頭十分焦急的說：「快告訴小雨，事情不是這麼個搞法，請你幫我轉告她，要她辭去霧中花的工作，找個學校去唸書吧，生活費和唸書的錢我會寄給她，我現在是可以來紐約；我是真正的發自於內心愛她，因此我不願意在這種情況下得到她，請你告訴她，我小武是真正關心她和愛她的；但是要等到她生活及心理狀態都調整好了之後，我再到紐約去看她！」於是我將小武的話轉告了小雨，小雨感動得又大哭了一場，她邊哭邊說：「小武表面上是個花花公子；但我知道他愛我是愛在內心的深處；而姓花的愛我只是愛在表面，他之所以愛我，只是愛我寄給他的美鈔，他拿了我寄給他的錢，再去玩弄別的女人……」

小雨開始了新的生活，她到一所英文補習學校去上課，她也和小武常常的通通電話，他們隔著那萬里的關山和煙波浩瀚的太平洋，兩人互訴著思念之意與愛慕之情。因此有些台灣來的朋友當成新聞似的告訴我說小武已經浪子回頭了，對於這件「新聞」，我是一點兒也不覺得奇怪。如此的約莫過了半年吧，小武才由台灣來到紐約，他才剛下飛機碰到小雨的第一件事便是向小雨求婚，小雨拒絕了他並說道：「不，我最珍貴的貞操已被姓花的奪去了，而且我又在霧中花工作了一段時間，我如果做了你愛人的話，別人會瞧不起你的！小武，請相信我，我也非常的愛你，你要什麼我都會給你；但結婚……」小雨的話還沒說完就被小武很快地打斷了：「妳別再講下去了，人生有很多事原是不得已的，這也是無可奈何的，說配不上的應該是我小武才對，過去我生活得是多麼放浪，我成天的和歡場女人在一起鬼混，良家婦女對我退避三舍；妳雖是人在歡場，但卻出污泥而不染，小雨，我是真心的愛著妳，請不要拒絕我對妳的求婚吧！我敬佩的是妳對愛情曾有的堅貞與執著，如果妳還有其他的原因，真的是不肯嫁給我的話，那就算了，我小武並不想在妳最失落的時候佔妳的便宜，更不想從妳身上得到些什麼，因為我對妳的愛是真誠的，哦！不說了，小雨，再見吧，請保重！」說完話後小武便掉頭而去！小雨急著趕緊的追了出去，只見她緊抱著小武說：「小武，別走！我答應嫁給你就是了！」小雨和小武在紐約訂了婚，小雨的意思是要小武去一趟中國（因為小雨當時在美國是非法居留，因此她無法跟小武一塊回中國），先見見她自己的父母，等小武再回到紐約時，他倆才結婚；但造化就是如此的捉弄人，自古紅顏多薄命，小雨的命也就是這麼樣的苦，小武去了中國，就在舉世震驚的白雲機場空難中不幸的罹難了，於是小武拋下他心愛的小雨，就這樣的離去了！

之後，我給小雨打去過電話；而小雨拒絕接聽，我又到小雨住的地方去看過她；但小雨也拒絕和我見面，過了一個多月，小雨給我寄來了一封信，她的信是這樣寫的：「酒霸，謝謝你對我的關心，以及對我的愛護，我不願意接你的電話，和不願意見到你的原因，我想也不用我在這兒多作解釋了，因為接到了你的電話，或是見到了你的人，我便自然會聯想到小武，如此，只會更增加我的痛苦，我想今生今世我是忘不了小武的！我又回到霧中花去上班了，我想今後我只是個行屍走肉，請別來霧中花找我，你來了我只會把你當成一般的客人，別企圖來規勸我或開導我，這樣可能會逼著我去自殺。酒霸，再見了，在此，我謹向你和過去的我道別，我將會沉淪、沉淪，一直沉淪到那無底的深淵！……」

當然，我曾忍不住到霧中花去找過小雨，她真的是只把我當做一般的客人，而且還次次都把我當成一個第一次見面的客人，每一次剛一開口要勸勸她時，她便轉檯去了，我去了霧中花不下七、八次，她都是這種態度，唉！既然是如此，也只有由她去了！以後又聽說她沉溺於毒品和賭博，她似乎要麻醉自己，為了要滿足她自己的毒癮和賭癮，所以她需要大量的金錢，以至事到如今，她經常出賣著自己的靈魂與肉體，去換取金錢以滿足她的癮頭，她用毒與賭的方式，在逃避著現實，在麻醉著自己！

說到這兒，不知不覺康州的目的地也到了，小張、小李猶睜大了眼睛，呆呆的愣在卡車的駕駛座裡，我說道：「別盡愣在車裡面，咱們三個還是開始幹正經的活吧！」

跑遍美國大陸的四十八個州

在下曾在美國紐約開過長途運輸公司，記得在開公司期間，曾跑遍了美國五十個州的四十八個州（夏威夷州跟阿拉斯加州未跑過），其實說真的，這也並非是我有什麼了不起的能耐，而其中能促成在下這項紀錄最大的推手，是來自於生活在美國能吃苦耐勞，而又勤奮向上的華裔同胞，以及那些聰明好學多半來自於中國大陸和台灣、香港，以及東南亞的華裔留學生。

在美國開中國餐館原是很多華裔在海外的求生之道，據統計，在美國中國餐館以及外賣店的數量，早已超過美式快餐連鎖店（麥當勞及漢堡王等美式快餐連鎖店），因此在美國的中國餐館才能為很多在美華裔提供工作的機會。

推算一下，華裔在美國打工似乎已有二百五十年的歷史了吧，因為自一八四九年美國西部淘金熱，以及修築太平洋鐵路，當時美國引進數以千計的中國勞工。當時這些中國勞工為了在美國求得生存，便在美國開了中國餐館，所以他們亦是最早在美國開中國餐館的先鋒。

二百多年以來，由於中國的極貧積弱，再加上戰亂（近三十多年來，由於中國大陸的改革開放，國力才強大，人民的生活才得到改善），不知有多少華人千方百計的以合法和非法的方式到美討生活。試想當年他們初來乍到，在人生地不熟的美國，再加上又不會講英文，在這種情況下他們何以為生？所以這都要感謝在美的中國餐館，能給他們提供工作及打工的機會，起碼先在美國維持基本的生活再謀以後的發展！

既然是在美國從事中式餐飲業，當然就需要中式的廚房設備才行（中式爐頭、抓馬櫃、油鍋……）而製造中式廚房設備的工廠，以美東地區來說，大部份都集中在紐約、曼哈頓的唐人街，唐人街可說是中式餐館設備的集散地，而這些中式的廚房設備，是需要送到美國各地中國餐館客戶手上的；而美國的運輸公司，如 Yellow Roadway 的運費及人工費都很貴，而這個時候，就該輪到我們上場了。

只見三、四個搬運工人，再加上七、八個中式廚房設備工廠的員工（中式廚房設備特重），七手八腳的在曼哈頓唐人徒手搬運餐館所需裝備後，一個個華人司機及搬運工人便開了拖拉庫（大貨車）上路，開始了他們的營生，及至到了地頭，大家在餐館員工的協助下將中式餐館設備送到廚房，方才算完成任務。

中國留學生，自林阿適（Liaon Ashee）曾於一八二二—一八二五年間，在美國康涅狄格康沃爾的基督教公理會所辦的教會學校裡念書算起，中國留學生在美國的歷史起碼也有近三百年，他們在美國一直都有很好的口碑，其原因是他們既聰明、又能刻苦學習。想當年（大致的說是在二十一世紀，即西元二〇〇〇年以前吧），中國留學生在美國完成學業後大都選擇在美國留下來，這不能怪他們不愛國，因為中國當年實在是太貧窮太落後了，以他們在美所學即使回到國內也是無法施展抱負的。既然想在美國留下來，就需在當地找工作才行，因此就在他們將要完成學業前，就會把自己的履歷資料等寄到美國各大公司，一旦獲得錄用，資方通常都會先給他們一筆搬家費（包括機票費用等），這時我們就會去招攬中國留學生的生意，給他們優惠價格，又可按照公司給他們的搬家費，提供他們發票和收據（Voucher），以方便他們向公司核銷。並且他們也可以坐我們卡車一起上路（前面駕駛座有二排座位，前排包括司機可坐四人，後排可坐留學生夫婦和他們的小孩，車艙內有冷、暖氣，十分舒適），如果沿途有名勝風景區，大夥兒還可以順道去玩玩，因此我的長途運輸公司在報紙上所登的廣告，有一段廣告詞便是：「找我們搬家，就像是在遊山玩水……」。所以在這種情況下，當年還真做了不少中國大陸和台灣、香港，以及東南亞華裔留學生的生意，因此在下才有機會，跑遍美國大陸的四十八個州！

中國人是聰明、能幹、刻苦耐勞的民族，由二百多年以來，中國在美的留學生，和在美開餐館的中國人那裡，我們便可以得到證明，由於中國近三十多年來實施改革開放，如今已取得巨大的成就；但我們絕不能自滿，以中國人的能耐，假以時日，中國一定會變得更富強，且讓我們大家拭目以待吧！

回憶在美國的冒險生涯

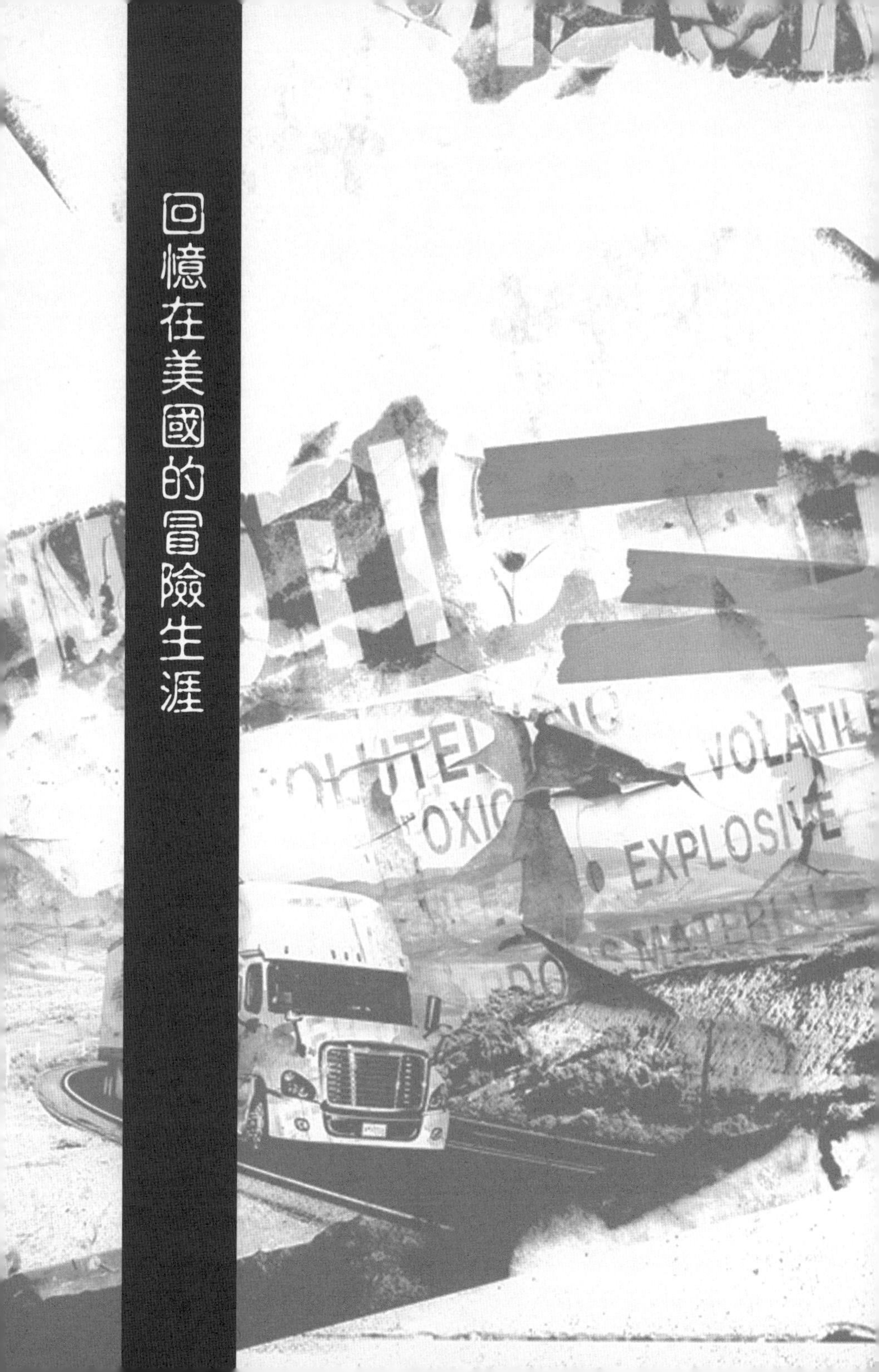

我想人生的這趟旅程，應是一張有去無回的單程票，不可能重新再來一次；如果人生的這趟旅程，可以重新再來的話，那我就不能確定，在我如今自認為懂得比較多、想得比較多、考慮得比較周全……的情況下，在我人生這趟旅程中，有關旅居美國三十年的這一段生涯，我還敢不敢或是有沒有種，再次的去冒險犯難！

凡人，我想在這個世界上，包括我自己在內的絕大多數人，都是凡人，而做為一個凡人，他們最渴望的又是什麼呢？依在下看來，也不外乎是名與利吧，因此為了名，便有人挖空心思的去沽名釣譽，因此為了利，便有人去做那傷天害理的違法勾當；而不善於沽名釣譽，以及那沒有膽量去做傷天害理的人，則鮮少能在這個世界上獲得名與利的！當然，世界上的任何事情總是有例外的，那我們只能說，凡夫俗子他們是有其機會與運氣，或許是他們自己特別的努力，又或許是他們的祖先積了德……；但這些人畢竟是凡人中的極少數；

我想說的重點是，在這些成功的凡人中，並不包括我在內！

記得於上個世紀的一九七六年，做為一個早期的移民，我帶了妻子兒女，由台灣來到了美國，在那個時候，我哪敢去想什麼名與利的事情，心裡只想找一份打工的事情，可以先養家糊口求得全家的生存；但老實說，工字是不出頭的，也不是我瞧不起那些沒有任何技術的工人，因為說實在的，名和利都離他們極其的遙遠！

我想凡是看過我 Blog 和 FaceBook 文章的朋友都知道，我曾在紐約得到過啤酒王大賽的冠軍，那麼我為什麼要去參加那次啤酒王大賽呢？雖然在我過去的文章中，也講了些要去參加啤酒王大賽的理由；但是憑良心說，在我內心的深處卻是有另外一個聲音，「我不為什麼，我為的只是要去沽名釣譽！」其實那次參加比賽的選手大家的實力都差不多，當比賽進行到最後關頭時，大家也是靠意志力在比拚，在這個節骨眼也是需要一點勇氣、意志和毅力才行！果然在我得到冠軍之後，就有華文報紙的報老闆來找我，要我寫一篇得到冠軍之後的感想，所以自此以後，我才得以走入文壇；不然的話，還不知道要投稿到何時，華文報紙的編輯才會把我的文章刊登在報紙的副刊上！之後紐約華人選民協會又邀請我去做他們的文宣理事。因此，這也大大的提升了我在紐約僑界的社會地位。我想凡是人都是愛面子和虛榮的，當然我的兒女也不會例外，自此以後，我的兒女在向他們的同學提到我時，他們絕不會說：「我的爸爸是搬運工人趙名。」他們都會說「我的 Dad 是紐約華文作家 Beer King！」我想，即使是為了我兒女的面子與虛榮，我這沽名釣譽的啤酒王大賽爭霸行為，也是十分「值得」的！……

我們且先拋開名利二字不談，一個新移民在美國社會要養家糊口求得全家的溫飽，就必須要有工作才行；但是我很快的發現中國餐館的廚房工，是很不適合我的，於是我在看到紐約時報上一個義大利運輸公司的招工廣告後，我便去應徵。那胖胖的義大利老闆，可能是看到我的身材不是他想像中的那樣的五大三粗、孔武有力，所以開始時，他並沒有錄用我，於是我瞅住了一個空檔，指著一堆木箱問那胖老闆道：「像這種木箱，你們要求工人，要搬起來幾個才算合格？」他回答我：「二個！」於是我便搬起了四個沉甸甸的木箱子，繞著義大利胖老闆的辦公桌走了二圈，然後我又將四個木箱放回了原處，於是義大利胖老闆發話了：「好了，好了，別再做秀了，想不到你還有二把蠻力氣，你已經被錄用了，我今天總算是搞明白了，為什麼你們中國人，可以建造出萬里長城，又可以幫美國人修建太平洋鐵路！」

因此我便在運輸公司開始了新的工作，我學會了儲倉作業、學會了如何包裝各種名貴的傢俱，我也學會了駕駛大貨車看著地圖找路（那時還沒有GPS）……。義大利胖老闆似乎和美國的義大利黑手黨也頗有些淵源與來往，不時在他的運輸公司也幫黑手黨運些諸如槍枝、私菸、私酒、軍火……等非法違禁貨物！有一次老闆要我到長島（Long Island）一個黑手黨大佬住的地方去提取一些貨物。老闆對我說：「那兒有人幫忙上貨，你就一個人去吧。記住，如果開車回來的時候萬一遇到任何的麻煩，你只要把運貨單交給警察看就行了，當然你應該知道運貨單上所寫的貨物品類，和你實際所運送的貨物品類是很不一樣的；但是你千萬不要對警察亂講話，因為在美國你有沉默的權利；萬一你被抓進去關的話，我們一定會想辦法把你給弄出來的；但是如果你亂講話的話，將來我們的律師，便不好為你在法庭上辯護了……」

所謂「初生之犢不畏虎！」也是英語所講的：“If some one knows nothing, he fears nothing.”（假如一個人什麼都不懂的話，那他就是什麼都不會怕了！）這也就是當初到美國不久的我，那種真實的寫照！於是我便輕鬆的吹著口哨哼著山歌，駕了大貨車，往長島風馳電掣而去！……

＊　＊　＊

我駕了大貨車，沿著495號州際公路往長島奔馳。長島是美國有錢人居住的地方，當時蔣夫人就住在長島495號州際公路68號出口的蝗蟲谷。貨車開到了495號公路的最後一個Exit（出口），我便由第72 Exit岔了出去，之後沿著鄉間的道路繼續的往前行駛，又行駛了約莫一個半鐘頭才總算是到了地頭。那是一處極大的深宅巨院，正門是碩大無比的漆黑粗條狀鋼質大門，有二個像是警衛的義大利漢子，只見他們腰桿上掛了左輪槍在大門外看守，我向他們出示了提貨單，接著又向他們出示了我的駕照，然後他們才回到警衛亭去打電話，好像是要向他們的上級確認我的身份。這樣又折騰了十來分鐘，只見一個警衛將警衛亭旁的電鈕一按，那巨大沉重的漆黑大鋼門便咿咿呀呀地緩慢打開了，我覺得這個地方，真是戒備森嚴與神秘，因此我便胡思亂想的，竟然想到了芝麻門開阿里巴巴與四十大盜的故事。然後警衛揮手示意可以將大貨車開進去，我在開進了大門後，又沿著雙向的車道往前開，只見兩旁都是樹林，其中不乏有二、三個人才能合抱的大樹，約莫又開十多分鐘才算是到了他們的貨艙，管貨艙的人告訴我，因為臨時加了一些東西，所以貨正在裝箱，約一個小時之後才會好，我可以先到對面靶場或是訓練場去走走，等上好貨之後，就會來叫我……

在貨艙對面的不遠處有一個手槍射擊的靶場，有十多個頂多二十來歲的義大利年輕人在一個像是教練人物的指導下在作手槍射擊練習。於是我趨向前去，和他們打了一個招呼，那個教練便問我：「你看起來好像是中國人！」

我答道：「是」

於是他又瞟了我一眼：「你會不會手槍射擊？」

我不甘示弱地說：「當然會！」

之後他又問我：「你願不願意和我的學生作一個射擊比賽？」

我說：「可以啊！」

於是他便挑選了一個學生出來和我比賽。

說到我的手槍射擊槍法，是由空軍幼年學校一個外號叫"Monkey"李維禎的區隊長教導出來的，因為他在每次的國軍射擊比賽中，他的手槍射擊總是拿到第一名，我可以說是得到了他的真傳。當然，那位教練所選出來的學生，也絕非是我的對手，不過當那位教練提出比賽要求時，因為我已很久未作手槍的射擊練習了，因此比賽下來我也只險贏他一環；但這樣已經讓他們對我很佩服了，後來才知道，那位教練原來是紐約某射擊俱樂部的手槍射擊比賽冠軍。那位教練便自我解嘲的道：「我今天總算是知道了，你們中國人在奧林匹克運動會中，為什麼會拿到那麼多的射擊金牌！」其實當天的手槍射擊比賽，也並不是我讓他們最為佩服的地方，因為之後類似巷戰遊戲的項目中，我才讓他們真正的開了眼界！……

其實，那天我去長島提貨的地方，只是黑手黨科隆博家族（Colombo Family）下面的一個分支機構，那個負責人即是他們黑手黨所稱的小頭目（Caporegime），那座豪宅巨院，便是小頭目的住家兼辦事處。至於黑手黨科隆博家族，他們在美國除了做些暗殺、非法買賣、軍火走私、妨礙司法……等勾當外。他們在美國的財力和黑惡勢力到底是有多大，以及他們的策略運用和宣傳手法，到底是有多高明，我且在下面稍稍舉一個例子，大家在看了這個例子之後便知道一個大概了。

在上個世紀的一九七〇年左右吧，美國黑手黨在聯邦調查局（FBI）的強力打擊與掃蕩下已逐漸在美國式微，說白了就是美國的義大利裔年輕人，為了怕聯邦調查局的掃蕩，所以他們便不想再加入組織去幹壞事，於是科隆博家族中的Boss（老大），以及與老大地位平行的Consigliere（法律顧問，即是中國人所謂的軍師，或是紐約曼哈頓唐人街的堂口，所稱的白扇）就想出了一個辦法，便是利用他們旗下所控制的好萊塢派拉蒙影片公司，於一九七一年找來了好萊塢的天王巨星馬龍白蘭度，拍攝了一部以黑手黨為背景的大片「教父」，此片一經推出，便震驚了全球影壇，並打破了世界上很多地方的票房紀錄。於是自此之後美國的義大利裔青年人，又如風起雲湧般的紛紛的都想要加入黑手黨，尤其是想要加入以科博隆家族為首的黑手黨！

我之前已經講過了，我於手槍射擊比賽中險勝一環之後，那些黑手黨的年輕人似乎是對我都有些佩服；但是我知道，那個教練的內心對我還是有些不太服氣，於是他又將我帶到了另外一處訓練場，到了之後，我一看便知道那是一個陸軍或是如今的恐怖組織打巷戰的訓練場。當時我心裡面就在想，你們這些嫩雞子想要跟老子玩巷戰遊戲，還差得遠咧！你們可是百分之百的死定了！

我在這裡，便不得不先交待一下，他們之所以死定的原因；但是我在交待他們死定原因之前，我又不得不先說明一下，第二次世界大戰快要結束前的太平洋戰爭。因為那時日本的軍國主義份子，他們已經知道日本人必定是要戰敗的，盟軍之登陸日本四島也是早晚的事情，所以當時的日本軍國主義份子，便喊出了：「一億日本國民，光榮戰死！」的口號，於是他們便在日本的很多地方修建了模擬巷戰的訓練場。當年台灣是日本的佔領區，所以日本人也在台灣修建了一些這種訓練場。一九四九年，我們家剛由中國大陸到台灣，在我們住的附近便有一處這種訓練場，那是我和附近小朋友們玩巷戰遊戲的好地方，我們使用彈弓，加上用石灰做的鬆軟「子彈」，在模擬的巷戰場景中互相的閃躲對方，或是尋找掩體⋯⋯，然後再找機會「射擊」，假如誰被射中了，身上便會沾有石灰印，只要身上有石灰印子那個人便算出局！這個巷戰遊戲，我從小學一直玩到初中，總共玩了八、九年，可以說是玩得已經不愛玩了，他們這些嫩雞子，要跟老子玩「打巷戰的遊戲」，豈不是茅坑裡頭點燈籠，完全是自己在找屎（死）！……

＊　＊　＊

我覺得人是喜歡抱怨的動物，很不幸的，我生為人，所以我也常常的在抱怨，我抱怨的是自己沒有機會和運氣；但我又經常忘了去感謝或是忽視曾經得到過的機會和運氣。就如同黑手黨教練帶我去他們手槍射擊的靶場，以及巷戰訓練場；但是讓他做夢都不會想到的是，那手槍射擊及巷戰遊戲，正是我在台灣成長過程中，兩個不可分割的強項，因此由將要發生的事實證明，我不可否認的那就是運氣先生是站在我這邊的！

話說那黑手黨教練派了一個他自認為的巷戰遊戲高手來跟我作比賽；但他萬萬沒想到，那一個所謂的「高手」在不到十秒鐘的時間內，便被我用電子步槍「擊斃」了，於是我大聲嚷嚷：「你們就派兩個人來跟我玩吧！你們只派一個人，是絕對搞不定我的！」就在此時，走來一個中年人，只見那些年輕人和教練，都很有禮貌的欠身跟他打招呼，他們口中並稱呼他"Caporegime"。當然我是後來才知道，Caporegime 的意思是黑手黨的小頭目。於是那中年人比手勢示意要我們繼續的玩，於是教練又派了兩個人來跟我比賽；但是我也只用了三十秒不到的時間便將那兩個人「擊斃」。我注意到那小頭目的表情，似乎是有些兒驚訝，接著他便跟教練發話了，「你再帶兩個人進去，一定要把他搞定！」我當時一看，這豈不是做秀的時間到了，聰明如我者，又豈能輕易的白白放過這大好的演出機會呢！於是為了要達到戲劇性的效果，我便先「擊斃」了兩個年輕人，之後我又繞到那個教練的後面，然後我出聲了："Hold"（站住）！那教練倒也很配合的站住不動，跟著我有又出聲："Rising your hands"（舉起你的雙手）！於是那教練像聲控機器人般將雙手舉了起來。那時只見那小頭目在場外不住的拍手叫好，並且他口中還直說：「真他媽的是一個天生的殺手！」之後那小頭目便趨向前來對我說：「你休假的時候，就請你來做我們巷戰遊戲的教練吧！當然，我會付你薪水的！」之後他又對那些年輕人道：「你們就跟著這個中國人，好好兒的學巷戰遊戲吧！別到了有任務的時候給我們科隆博家族丟人現眼的！……」於是我便開始了在美國的第一份兼差工作！

又到了休假的日子，於是我照例又開了私家車準備到長島教他們巷戰遊戲，但是當天到了那兒之後只見他們大院中張燈結彩的，有好幾排舖了雪白桌巾的長條桌放在大院的正中央，長條桌上置放了閃閃發亮的銀色餐具，工人們正在忙著佈置會場。這時小頭目對著我走了過來並對我說道：「今天是義大利的新年，你就在這裡跟我們一起慶祝吧，待會兒我們的大 Boss 科隆博先生，也會親自來參加！……」當然，每個人對機會和運氣的看法跟解釋都不一樣，我個人是這樣覺得的：「機會和運氣固然是很重要，但是當機會和運氣來臨的時候，我們還得要有能力去抓住它才行。能夠掌握得住，才能算是我們的機會跟運氣；否則的話，只能說是白搭！」

當然，黑手黨在美國是一個非法組織，他們幹的都是些放高利貸、毒品、軍火買賣、暗殺、走私……等非法勾當。因此他們如果沒有必要的話，也很少和其他圈子的人打交道，他們幾乎都是跟「自己人」在來往；話雖如此，他們也有個優點，便是很重視自己的家庭，尤其在黑手黨各家族之間也有一個不成文的規定，就是不可以當著對方妻子兒女面前槍殺對方！此為題外話，我們就此打住！

那天在長島小頭目家中，所謂的義大利新年 Party，便是他們科隆博家族中的各個成員帶了全家來聚會。我也是在後來才知道，自己之所以能參加他們的聚會乃是我當了他們「巷戰遊戲」的教練之後，便有他們小頭目的手下（他們稱之為"Soldier"，意思是士兵）向他們的大 Boss 科隆博打了小報告，說是有一個老中來做他們的巷戰遊戲教練，於是他們的大老闆科隆博怕我是 FBI 派來臥底的，於是便打電話向小頭目查詢，小頭目在電話中向大 Boss 保證說：「我已經查證過了，他是剛來美國的新移民，是沒有問題的，而且他的『巷戰遊戲』可是玩得出神入化，我只是想利用他的專長來提高我手下 Solidier 的巷戰素質。」大 Boss 又問：「你可知道他以前在中國是幹什麼的？」於是小頭目便跟大老闆胡謅道：「可能是中國特種兵出生身的吧！身手相當矯健。」很可能是大 Boss 要顯示他的權威和能耐，所以接著說：「你就約他來參加我們義大利的新年 Party 吧，我想親眼看看這個人到底是『好人』還是『壞人』」由於我是開運輸公司的，三教九流的人倒也見過不少。我想大 Boss 再厲害也是絕對逃不過我法眼！……也因為這一次的見面會，讓我有機會參加他們義大利科隆博家族的新年 Party！

他們的大 Boss 科隆博終於來到了，他的氣勢與派頭，我想也不用我在這裡多加形容了，也不外乎千篇一律的如電影「教父」中的鏡頭，就是幾輛閃閃發亮加長型的黑頭大轎車，外加十來個高頭大馬、戴了墨鏡穿了筆挺黑色西裝的保鑣。於是大家便鼓掌歡迎他的到來，之後也沒有致詞等繁文縟節，大家只是互祝新年快樂，接著聚餐會馬上便開始了，大家似乎也吃得十分的斯文，吃完飯，趁著餘興節目前的空檔，小頭目便把我帶到了科隆博面前，小頭目對我也沒有多做介紹，科隆博只是對我微微一頷首，緊接著他比了一個手勢，示意要我到一旁坐下。我只是覺得他的目光十分犀利，犀利得竟像是一隻老鷹，他的目光中，似乎是又帶有幾分銳利與肅殺之氣，說得再不敬一點，他的目光竟有一些像我們當年的蔣校長！……

* * *

有很多人提出過「讀書無用論」；其實我們也不能一竿子打翻一船人，只是我們在學校所讀的書，至少有一大半都是與我們將來所從事的工作，扯不上任何關係的。根據個人從事工作的經驗，我認為自己曾在學校讀過的書，很保守的來說吧，起碼有百分之九十以上是無用的，就拿我小學五、六年級時最討厭的「雞兔同籠」問題來說，就在我跑遍了五大洲七大洋之後，我終於知道雞和兔這兩種動物是很少有機會被人關在同一個籠子裡面的，那麼這「雞兔同籠」的問題，我們學了之後，又具有什麼意義呢？因為它對我們將來的為人處事，以及所從事的工作，是沒有任何實質上的關係與幫助的！但是反過來說，就拿我當時所教給黑手黨科隆博家族青年的「巷戰遊戲」來說，就是從任何學校都學不到的！但是「巷戰遊戲」這門課程，對他們黑手黨青年來說卻是十分重要的！所以這也不能說知識不重要。此外，根據我以後跟黑手黨科隆博家族來往的經驗來說，科隆博家族中的Boss（老大）也不得不借重與他在家族中地位平行的Consigliere（法律顧問）的知識，方能處理很多在法律上的問題，此是題外話，我們也就此打住！

就在科隆博家族各成員家庭聚餐完畢後，便開始了他們的餘興節目，其實餘興節目也很簡單，第一個節目是賓果遊戲，賓果遊戲雖不新鮮，但是對我來說他們所提供的彩金卻是相當的高，都是一萬美元起跳（當年的一萬美元，可是一個大數目咧！在紐約是可以付買公寓的頭期款）；不過還是有不少義大利青年在小聲的報怨：「怎麼才一萬美元起跳！」很不幸的是，第一個餘興節目總共玩了三盤，我都沒有中獎！第二個餘興節目是「搶板凳」，便是每一個家庭中，派出自己的老婆或是小孩來參加這項比賽，場地上背對背的放了二排椅子；但是椅子的數目，總是比參加的人少了一張。於是樂隊便奏起了輕快的音樂，婦人和小孩便圍著椅子繞圈圈，當背對著大家的樂隊指揮用指揮棒示意樂隊停止演奏時，大家便開始搶椅子坐下，沒有搶到椅子的那個人便算是被淘汰出局，之後就一直維持椅子的數目比參加的人少了一張，直到只剩下最後一個人，便算是獲勝，可以得到巨額獎金。不過這一項遊戲，我沒有資格參加，因此我對這個遊戲的興緻也不高！

看來在我與科隆博家族接觸之後，我還真是有了一些機會跟運氣，就拿我兼差做他們的「巷戰」教練這份工作來說吧，他們所付給我的兼差費竟然是比我在義大利運輸公司正經八百的工作，所得到的工資還要高，我曾經問過小頭目說：「你們是不是搞錯了，怎麼付我那麼高的工資？」那小頭目說：「你就拿著吧，萬一我們把你的工資付低了，別人是不會笑你，反而會笑我們 Mafia（黑手黨）太小氣！」

有人說：「如果一個人的運氣來了，是祖宗棺材板都擋不住的！」對當時的我來說，這話一點兒都沒有錯，因為就是在下面提到的餘興節目比賽中，我居然是十分輕鬆的贏了一萬美元的獎金，這也是我在美國挖到的第一桶金！

在我混到這把年紀之後，我終於得到了一個結論，便是一個人在社會上的地位和價值，端看這個人所擅長的一些玩意兒是否可以轉變為這個人的名望與金錢，假如他所擅長的不能夠轉變的話，我想即使是這個人才高八斗、學富五車，但他在社會上也是不會得到別人尊重的！就拿我來說吧，我射擊雖然是比一般人準一些；但我畢竟不是國家射擊代表隊的奧運選手！我的「巷戰」遊戲，雖然是玩得出神如入化；但充其量也只能在遊樂場的巷戰遊戲中「擊斃」幾個人而已，也頂多是引起現場圍觀人的一陣子歡呼與驚歎！但是我今天所擅長的這二項技能，在美國黑手黨科隆博家族中卻得以施展，可以轉變為金錢。這一點錢，雖然一時提高不了我在美國的社會地位，但不可否認的是，起碼可以提高我在妻子兒女面前的地位！

在第三項比賽節目開始前，只見比賽場上擺了一張長條桌，桌上面擺了兩缸大的玻璃缸，在玻璃缸中注滿了啤酒，只見長條桌旁，站了一對牛高馬大的夫婦，不久裁判便宣佈：「今天是大水牛夫婦（Big Buffalo）衛冕他們第三屆啤酒比賽冠軍，有任何不服氣的夫妻檔，都可以上來和他們挑戰！」可能是大家都覺得大水牛夫婦喝啤酒的實力太堅強了吧，所以竟然沒有任何人敢上去跟他們挑戰，一時之間，場面便顯得有些尷尬，可能是大 Boss 想要這種尷尬的氣氛快些過去，於是他附耳和小頭目說了幾句話，只見小頭目上台宣佈：「大 Boss 想要參加這項比賽，可是他的夫人今天沒有來，如果大水牛夫婦不反對的話，他是否可以邀請這個中國人和他一起參加比賽。」當然，大家也都知道大 Boss 只是想要讓這個場面早些過去；但讓大家做夢都沒有想到的是，我竟是喝啤酒的高手，我很會喝啤酒！

當裁判宣佈開始時，只見大 Boss 只是意思性的喝了兩口，便把大玻璃缸放到了桌上，然而此時我卻用雙手捧起了大缸，像是鯨魚吞水般的將那一大玻璃缸的啤酒給「吞」了下去，當時看得全場是目瞪口呆。只見大 Boss 又把小頭目招了上來，附耳和他說了幾句話之後，小頭目便當眾問我：「我們大 Boss 說，你射擊很行，巷戰遊戲又玩得出神入化，你的啤酒量更是了得，他問可有你不會的玩意兒？」於是我便想到了美國人的幽默感，因為有些時候，幽默確實是能拉近人與人之間的距離。因此我答道：「當然是有，譬如說我就不會生小孩！」我說完這句話之後，當下引起了全場的哄堂大笑！於是我知道，我已經拉近了與黑手黨科隆博家族之間的距離！……

＊　＊　＊

其實人生在世，在在的都離不開一個緣字，譬如說你為什麼做了這個人的兒子，譬如說你又為什麼做了那個人的父親，又譬如說在你生命中所遇到的人，所遇到的事……，這些都只能用一個緣字來解釋。我想就是所謂的遇到了就是遇到了；而沒有「為什麼」這三個字！正如同生於上個世紀一九二二年之後的中國人，他們如果生於國民黨所統治的地區，他們就可能成為國民黨，而他們如果生於共產黨所統治的地區，他們就可能成為共產黨，一切都端看一個緣字。

而我之所以於一九七六年初到美國紐約時，能進入義大利人所開的運輸公司，因而有機會和紐約黑手黨的科隆博家族接觸，我想這些事情，也都只能用一個緣字來解釋！就是在長島小頭目家中的義大利新年 Party 結束，他們的大 Boss 科隆博離開之後，小頭目便把我叫到了他的客廳，他面帶笑容的向我恭喜，我也很愉快地答道：「是呀！今天運氣真是不錯，居然贏了一萬美元的獎金！」小頭目道：「我不是說這個，其實一萬美元在我們看來，也算不了什麼；而現在我要告訴你的是，我們的大 Boss 說：『這個中國人的身手跟酒量都不錯，而且又具有幽默感；但可惜他不是義大利人，而更可惜的是他不是義大利西西里人，因此他無法加入我們科隆博家族；但是我確實有一點欣賞這個人，你就替我轉告他，就說由我做主，把他列為我們的【外圍合夥人】（Outside C-operator）吧！你要告訴他，這對於一個外國人來講，這是一個很大的榮譽了，像是他那運輸公司的老闆，本身就是義大利人，又跟我們合作了這麼多年；但是我們還未將他列為外圍合夥人！……』因此這才是我恭喜你的原因，至於你贏得了一萬美元的獎金，充其量也不過是你多了一些零用錢，這也算不了什麼！……」但是小頭目哪又會知道，我們這些兩手空空，從台灣初來乍到美國的新移民的想法和打算！我得到這一萬美元之後，加上我在運輸公司打工以及長島小頭目那兒兼差所存下來的錢，還有林林總總像是我太太做些家庭手工，還有向我姐姐和姐夫借了一部份錢，讓我湊足了二萬美元，那時的二萬美元，可以做為在紐約買 Town House（城市住房）的頭期款。我到紐約沒有半年便買了房子，這讓我姐姐和姐夫相當驚訝，他們追問我是如何辦到的。我被他們問得無奈，所以只得從實的告訴他們原由，沒想到他們聽到真實原因之後，竟然是嚇得全身上下不住的在打哆嗦……

當然，當他們知道我在紐約買房子的頭期款大部份都是來自於黑手黨的時候，他們真是有些驚呆了，因為他們都是極為中規中矩和讀書人，他們正是台灣五〇年代（一九五〇）那種「來來來，來台大！去去去，去美國！」的乖乖牌，一般來說，他們在美國學成之後，便自然的有了一份穩定而收入還算不錯的白領工作，因此他們不需要去冒險；但是我覺得，他們之中絕大多數的人也不知道如何去享受生活；但這就是他們的生活方式。自然的他們為了這碼事當然會規勸我，相信不用我在這兒多說，他們規勸我的也不外乎是：「一個人一定要走正路，千萬不要跟黑手黨的人去廝混！……」但是不論怎麼說，他們的出發點都是好意，當時我正在考慮，要不要聽他們的規勸時，做夢都想不到的是，緊接著我便出事了！

那是長島小頭目，他們自己使用的一批槍械與彈藥，本來應該是供貨商直接把這批黑貨送到小頭目的住處；但是小頭目覺得，這樣似乎是太顯眼容易被 FBI 盯上，所以他便要求供貨商先將這批黑貨送到我們的公司，待找到適當時機再由我們公司將這一批貨送去給他們。於是有一天下午，我們義大利老闆便要我將這一批黑貨送到長島小頭目的住處；但很不幸的是，我所駕駛的大貨車剛行駛到長島495州際公路的44號出口，我便被警察給攔了下來，當然我知道事情大條了，於是根據我們老闆平時對我的囑咐，我什麼也沒有對警察說，只是給他看了我的送貨單，於是警察便將我送進了拘留所！在拘留所中，我的內心真是百感交集、五味雜陳，我的心中在想，我的家庭、我的妻子、我的孩子……，這次我真是一切的一切都玩完了！剛開始時我還十分的後悔，沒有早些聽姐姐她們的話，當時應該立即跟運輸公司辭職，若是如此的話，又何至於有今日；但繼之我又在想，這個世界上什麼藥都有，就是沒有後悔藥，並且這個世界上，只有結果，並沒有如果！因此我現在後悔又有何用！總之在拘留所中，我的思緒就是一直的在這麼樣的起伏著！

我想黑手黨科隆博家族的名聲，在美國之所以能混得如此的響亮，也不是沒有道理的，因為我是他們的「外圍合夥人」，所以就在我出事的第二天，他們便派了一個看似非常慈祥的義大利老太太到了我家裡，她安慰我的妻子說：「真是非常的對不起，由於幫我們辦事而使妳的先生受苦了，因為他是我們的『外圍合夥人』，所以我們會為他負責到底的，請你放心，這只是一點兒『小事』，我們是一定會把他弄出來的，這裡是一點兒『安家費』（其實安家費比我在運輸公司做二個月的工資還要高），就請妳收下吧！這張名片上是我的電話號碼，妳如果有任何的事情，都可以隨時隨地打電給我……」

＊　＊　＊

當然，黑手黨在美國甚至於全世界，都是一個最有名，也是一個最大的犯罪組織，在他們這個組織裡面的小囉嘍（他們稱之為 Made men 或是 Soliders），之所以肯去為大老闆（Boss），或是二老闆（Under Boss），甚或是小頭目（Caporegime）去賣命，說白了，就是萬一他們出了事的話，黑手黨的上層會盡力的去營救，以及照顧他們家庭的生活。我們且不要說黑手黨裡面的小嘍嘍了，就拿我是他所謂的「外圍合夥人」來說吧，當我為他們運軍火出事時，他們也未曾把我放棄。

話說那天我在去長島495號公路上的44出口附近，被警察攔下來之後，警察好像是有備而來的，因為他們早已準備好了撬棒、剪鐵鏈的液壓剪、大鐵錘……，當他們弄開了裝在大貨車中的幾個大木箱。那時，木箱中的槍枝和彈藥便赫然在目，在人贓俱獲的情況下，於是我便被送入了長島的拘留所！

就是在我進了拘留所的第三天下午吧，拘留所的警察來告訴我說：「有一個白人律師來保你，你可以出去了……」於是那律師便說要開車送我回家，在回家的路上，我忍不住好奇的開口了。

「我犯了這麼大的罪，你怎麼就把我給保出來了呢？」

「犯罪？你又犯了什麼罪？這可是你自己在說你犯罪，別人可沒有說你犯罪喔，想想看，你一個新移民什麼都不懂，你只是開了貨車，幫運輸公司去送貨；而貨件又被厚重的大木箱封得那麼嚴緊密實的，所以你是不可能知道木箱中裝的是什麼；而送貨單上明明白白的寫著所送的貨物是冷凍機嘛！那你又何罪之有？如果他們一定要找麻煩送你去法辦，就算是法院找來了五個人的陪審團，我們只要稍稍的威脅到其中的三個，你的罪名便不會成立，所以說『安啦』！因此，原則上說，從現在開始，你就是一個自由人了，所以你該幹什麼、想幹什麼，就幹什麼去做吧！……」

想想看，黑手黨只是美國一個龐大的黑社會組織；但是他們對於自己的黨員，甚至是他們的「外圍合夥人」，都會講一定的道義；但是反觀我們今天在台灣的國民黨，對我們這些一向死忠的老兵又如何？他只知道騙取老兵的感情與選票，甚至用欺壓我們的方式，來討好他的反對黨！就拿退役將官的年終慰問金來說吧，以小馬哥為首的國民黨說砍就砍！想想連李登輝和陳水扁執政的時期，也沒有對我們這些老兵如此的狠過！此外，當時在立法院的國民黨籍立法委員，也是佔絕對的多數；但這是也毫無作用與作為！如此的國民黨，我們老兵支持你又所為何來？此外國民黨在競選時的宣傳手法，更是無法跟黑手黨拍攝「教父」的方式相提並論！

當然，在我被黑手黨的律師從拘留所保釋出來之後，說什麼這義大利長途運輸公司的工作，我也不想再幹下去了，其中最主要的原因，倒不是因為我這個人「怕死」；而是我不願意家人或是親人再為我擔心！於是我便把我不想再幹的意思告訴了義大利老闆，當我向他說明我不想幹的真實原因之後，那義大利老闆表示他很理解，不過他向我提醒說：「你還是去給小頭目他們打個招呼吧！因為把你從拘留所保出來的是他們，再說你現在還是他手下（soliders）的『巷戰教練』。」於是就在那個星期六，當我去跟他們上巷戰課的時候，我便將我的意思告訴了小頭目，想不到小頭目在聽了我向他報告的話之後，竟十分淡定的對我說：「好的，反正你也不是我們正式的黨員，你是有自由去幹你自己的事情。不過在你未決定要做什麼事情之前，你還是繼續做我們的巷戰教練吧，我想要我的 soliders 多學到一些本事，以免以後有正兒八經任務時白白的去送死！」

那時我自己心裡面也常常的在想：「將來我在美國又能幹些什麼事情？因為在美國，我沒有學歷、也沒有經歷，我更沒有任何的專業技術，要做生意的話，我也沒有本錢！說得不好聽點，我在美國只能幹那最基層的體力工；但是我這人又不腳踏實地，加上我又有些好高騖遠……，所以我真是不知道我將來在美國要幹些什麼？而我又能幹些什麼？但是我很清楚的了解到，我必須要先跟黑手黨畫清界線，因為他們畢竟是美國最惡名昭彰的黑社會組織！於是以後我在所教導的巷戰遊戲中，便假裝的被他們的 soliders「擊斃」了幾次。然後我便跟小頭目報告：「兵已練成，請准予辭職。」小頭目道：「你是不是急於要辭職，所以才假裝被『擊斃』，因此來騙我說什麼兵已練成，你必須要知道，你的兵有沒有練成，是要經得起檢驗的，好吧！就讓我去安排一番，好歹檢驗一下，你的兵是練成了還是沒練成，這事是由我說了算，而不是由你說了算！……」

就在過了兩天之後，小頭目便打電話來告訴我說：「我一切都已安排好了，明天上午九點鐘我來檢驗你的巷戰訓練成果，你就準時來我這兒吧！」我在接到電話之後，心中也一直在納悶著，小頭目到底是要用什麼辦法來檢驗我的巷戰訓練成果！……

＊　＊　＊

話說那天上午九點鐘，也就是小頭目約我到他們那裡檢驗巷戰訓練成果的時間。當我泊好了車，即將要走入小頭目家中的巷戰訓練場時，遠遠的我便看到了黑壓壓的一群人，圍成了圈圈站在那兒，只見小頭目和一個穿了迷彩軍服皮膚黝黑身體十分壯碩的人物，一起被我的「學生」圍在中間，他們似乎都七嘴八舌的在向那迷彩軍服的人發問，對方也指手畫腳、口若懸河般的，好像在跟大家吹噓著什麼，當我走近時，我的學生便自然的散於兩旁讓出了一條通道，於是我便走了進去，只見小頭目帶了那穿迷彩軍服的人，趨前來跟我介紹：「這位便是綽號叫大石頭（Big Stone）的 Smith 先生，他即將從美國陸軍的特種兵退伍，他退伍之後，就來這兒做我的保鑣，今天我特意請他來檢驗一番，你所教導的巷戰遊戲，是不是正如你所謂的『練兵已成』！如果檢驗不合格的話，我想你也不必留下來了，因為我會換 Smith 先生教導他們；當然，如果檢驗合格的話，也正如你之所說：『兵已練成！』，並正如你之所願，我答應你辭職。總之，今天就是你最後一次在我們這兒出現了！你覺得我這個處理方式如何？」於是我便答道：「你這個處理的方式，真是英明，非常的英明！……」

但讓我想不到的是，小頭目竟然選了平日學習成績並不是十分好的三個學生，來跟 Smith 先生比試，於是小頭目只是很簡短的宣佈：「比賽開始，三打兩勝！（就是每個學生跟 Smith 先生比賽三局，任何人如果贏二局便算贏了」。比賽的成績很快的便揭曉了，在總共九局的比賽中，Smith 先生只贏了兩局，對於這個結果，我並不是感到十分的意外；但是小頭目卻是十分的驚奇；我倒不是說美國陸軍的特種兵不行；但充其量「巷戰遊戲」只是他們訓練的一個項目而已，他們不可能花太多的時間在這個項目上；而巷戰遊戲正是我青少年時期成長的一部份，對於這個遊戲，我有著太多的心得與經驗，而我所教給我學生的，正是我寶貴的心得與經驗，並且我還傾囊相授！於是小頭目大喜道：「Andy（在下的洋名字），真是如你所說的：『兵已練成』，我簡直是太高興了！……。」

那時只見 Smith 先生垂頭喪氣的愣在一旁；但是由他的眼神中，可以看得出來，他是很不服氣的，當然，他的不服氣，我是很可以理解的。或許他看到我的身體跟塊頭，長得不若他那般高大壯碩，也可能是他很想挽回些面子吧，所以他便對我叫囂道：「如果你有種的話，就跟我玩一盤『自由搏擊』吧！」這時小頭目和我所有的學生，都張大了眼睛看著我，於是我也不甘示弱的對他叫喊道：“Are You wanting get hurt !”（你是不是想受傷！）……

當 Smith 先生跟我叫囂，說是要和我玩一盤自由搏擊的時候，當時我也立即回應了他：「你是不是想受傷？」當時我的想法是：「反正我今天是最後一次在小頭目家中出現，打輸了我便立馬走人！」這時我的學生們，都紛紛的擺動著手臂，在那兒不斷的大聲叫著我的洋名字：“Andy! Andy! Andy...!”，這個意思就是說他們都在為我加油。以後我才知道其中的原因，原來是在我未到場前Smith先生的姿態擺得很高，他似乎也對美國陸軍特種兵的技能，吹噓得是神乎其神，並且他還有一個老大的心態，便是：「老子既然是美國陸軍特種兵出身的，又有混身的特戰本領，你們這些小毛頭，將來在戰技方面，當然是由我來指導！……」因此我的學生才對他很不服氣，因此在和他巷戰遊戲的對抗中，便人人奮勇、個個爭先，其目的就要給他一點兒下馬威！而且當時我的學生，由於李小龍的功夫片看多了，因此都一廂情願的認為，在自由搏擊中我一定可以再次的給Smith先生一些教訓！這時小頭目開口了：「你們兩個人，一個是我欣賞的巷戰教練，一個又是我未來的保鑣，中國人有一句諺語說：『兩虎相鬥，必有一傷！』我可不希望你們任何一個人受傷，這樣吧！你們兩個人就意思意思、比畫比畫，下巴以上的部位不准打，大家點到為止，好歹也讓我們大家飽飽眼福！……」當小頭目說完這一段話之後，我的學生是好一陣子鼓掌歡呼！

我想在未進入下面文章之前，我必須要交待一下，我身上這一點不算功夫的功夫是從那兒學來的，那是十五歲的那年，我進入了台灣的空軍幼年學校，很幸運的是，我們這一批青少年，碰到了兩位功夫極佳的體育教官，一位是張英健教官，他曾是全國武術比賽冠軍，另一位是竇志江教官，他曾是遠東運動會的拳擊冠軍。因此在我們同學中有不少對功夫感興趣的人，從他倆那兒也多少學到一些真功夫，而我便是是其中的一員；但我的功夫並不是學得最好，我記得學得最好的兩個同學，一個是三毛，他後來就是紅遍港台的打仔明星「山茅」，另外一個是趙戈，他就是憑了一身的好功夫，後來在台北市刑警大隊，幹得有聲有色，當年只要是台北的黑道中人，見了他莫不是聞風喪膽！……此是題外話，就此打住。

我在小頭目的大院中和 Smith 先生展開了對決，他既是美國陸軍特種兵出身，所以我絕不能對他掉以輕心，因為他看起來甚是孔武有力，所以我知道不能和他硬幹蠻幹，我必須要試探一下他的打法。

於是我故弄玄虛的繞著他打轉，我走的有一些像迷蹤步伐；但又有一些像醉八仙步伐，我有些學生在叫：“Drunk Boxing!”（醉拳），Smith 先生似乎是有些摸不清我的槍法與套路，於是他也試探性的朝著我揮了幾拳，這時我才知道，他是「左撇子」……

* * *

在我與 Smith 先生的相互對峙與試探中，我大約已經知道他至少練過西洋拳擊，和日本柔道兩種武術；但是他練武的基礎，還是以西洋拳擊為主，他的右拳是虛，左拳才是實，偶而他也想抓我雙肩跟後背的衣服，試圖施展他的柔道技術，我已經知道我的拳擊技術必定在他之下；而柔道我卻根本沒有學過；而當年竇教官所教給我的拳擊技術，卻足以讓我化解與閃躲他的拳頭；而我又不能讓他抓住我的雙肩、身體，或是手臂，因此一時之間，我似乎顯得很是被動。當時確實是讓我的學生為我捏了一把冷汗！或許 Smith 先生便認為，我已經沒有還手之力了，因此他展開了密集的進攻！當他右手虛晃一拳，接著他的左手一記又直又重的直拳，向我頸部襲來，於是我身體向右一側，接著我右腳便站穩了馬步，然後我抬起了左腳，說時遲那時快，我立即用左腳外側背部的腳刀，將那又直又重又猛的一腳，踹向了他左大腿前側的伏兔穴（當時我們兩人都是赤腳），頓時他便傾倒在地；但是他又馬上站了起來，欲與我再戰，這時小頭目做了一個手勢想要阻止他，於是我便對著小頭目喊道：「別理他！他已失去了戰鬥力！」我的話音剛落，便看到大石頭的左大腿，已經不聽他的使喚，就在他欲向我走過來時，竟然是一跛一跛的，並且他臉部的肌肉也開始痛苦的抽搐，我知道這時他的左大腿已開始抽筋了，當時只見他轟然地一聲的倒下，由於他左大腿的猛烈抽筋，所以他痛苦得在地上打滾，我趨上前去用兩隻大姆指，輪流著大力按住了 Smith 先生左大腿前側的的伏兔穴，只消片刻的工夫，他便感到緩解了！Smith 先生終於對我說了一聲："Thank You!"。這時我對 Smith 先生說：「你現在該知道，我不能用腳刀踹你膝蓋和小腿的原因了吧，我若是真的踹了你這二個部位，你可能就要去換人工關節，或是你的小腿就會斷了！」這時他只有不住的點頭。於是我知道，這時他的內心，真的是有些服氣了！這時只見我的學生們一擁而上，將我高高的拋起，他們有的人口中叫著："Bruce Lee"（李小龍）！有些人口中又叫著："Wonderful Chinese Kung Fu"（美妙的中國功夫）！於是他們都紛紛要求小頭目，一定要把我留下來教他們中國功夫，因為我急於脫身，於是我便跟他們說了一半真話和一半假話，我說：「要練"Chinese Kung Fu"，必須要從小就開始練，方才練得好，就像 Bruce Lee（李小龍）一樣，就拿我來說吧，從十五歲才開始練，已經是太晚了，像你們已經是二十歲左右，當然絕對是太晚了！哎呀！你們還要練什麼中國功夫嘛，你們只要把一指功（One Finger Ku-ng Fu）練好就行了，因此他們便問我，什麼叫“One Finger Kung Fu”，於是我笑笑答道：「就是用食指，去扣AK-47的板機呀！」當我說完這話，可是逗得他們哄堂大笑！他們並且回答我道：「你說得似乎也是有些道理與哲理！……」

我想一個人能否得到別人的賞識與尊重，就端看這個人的長處，能否能被別人欣賞，可能是小頭目發現了在我的身上，有他所認為的「長處」吧，因此他似乎也對我有一些另眼相看，就在我教訓完Smith先生之後，小頭目拍了拍我的肩膀道：「你教訓得好，不然他真是不知道天高地厚的，我的保鑣豈是好當的！像他這種看起來虛有其表，而自以為又頗有兩下子的人，我可是見得多了；但是他們最後又如何？只配被別人拿來當槍靶子打！你今天總算是給他長了點記性！好啦，今天下午我正好有空，你就留下來，陪我喝義大利下午茶，我也順便跟你聊聊天！……」

小頭目喝了一口咖啡之後，開始說話了：「你既然是決定要去幹你自己的事情，那我也就不再挽留你了；但是基於我對你的欣賞與關心，我且問問你，你今後準備幹什麼事情？」於是我只有照實的回答：「我現在還不知道！……」於是小頭目又問：「你可有什麼特殊的技能？」我說：「沒有！」他說道：「那你今後在美國的生活將會是很艱辛的，因為你只能打一份基本體力工拿一份基本工資，你的妻子和兒女，也只有跟著你受苦！我看這樣吧，我手上還剩下二個曼哈頓街邊的小木房報攤，你可以在那兒賣報紙、糖果、彩票（Lotto）……，你如果想多賺一點錢的話，你亦可以賣些從維吉尼亞州走私到紐約的香菸，或是從德州走私來紐約的烈酒……，你賺到的錢除了交稅和付給我們規費外，剩下的錢足夠能維持你們一家的溫飽，此外還可以有些節餘，你看如何？」雖然在下意識裡，我還是覺得我要拒絕他，當下我只有先找一個理由來搪塞，於是我說：「我是一個喜歡跑動的人，我覺得這個事有些不適合我……」小頭目十分熱心的又說：「那你何不自己搞個長途運輸公司呢？我可以叫你的義大利老闆幫你寫推薦信給勞工局，我們這兒也有現成的律師，可以幫你申請長途運輸公司的執照，你看如何？」真是讓我沒有想到，我在美國所開的長途運輸公司，竟然是在這麼樣無意之間產生的！

任何的生意，只有自己去親力親為，才能夠知道其中的艱辛，這長途運輸公司，我是做得很努力也很辛苦，成天起早貪黑跑東跑西搬搬扛扛的；絕對是沒有少勞累；但是除了正常開銷外，我的長途運輸公司似乎有時還有虧損，想想看我一個沒有什麼本錢的新移民，老實說做點小生意，只能吃補藥，又豈能吃瀉藥，如果再虧損下去的話，我真不知該如何是好！

人曰：「病急亂投醫！」就在我不知該如何是好的情況下，有一天我送完了一單長島的貨，於是我便將卡車開到了小頭目那兒。

* * *

當看守大門的警衛，打電話進去通報小頭目，說我的卡車已朝著大院開了進去。我約莫開了六、七分鐘，便看到小頭目站在他二樓臥室前面的陽臺上，只見他戴了一副墨鏡遠遠的望著我，卡車緩緩的朝著他的方向開入大院停車場。我似乎覺得，彷彿在好萊塢的某部有關黑手黨的影片中看過這個場景，我不知道是小頭目故意營造的，還是怎麼回事；但總歸讓我覺得，小頭目是有些神秘與威嚴的，而我又覺得，他似乎是對我這個華人有一定的關照與看重。

當我泊好卡車，走入大院時，小頭目已坐在大院中的藤椅上喝著咖啡，小圓桌上有好幾碟精緻的義大利點心，他示意我坐在下，小圓桌上已準備好了我的咖啡。

當我正準備向小頭目報告自己最近狼狽的情況時，小頭目比了一個手勢，似乎是制止我的發言，接著他直接開口了：「你別說了，關於你目前的情況，我是很清楚的，我知道你是一定會來找我的，因為你所搞的長途運輸公司，是絕對不可能賺錢的，而且還可能虧得你血本無歸！你以為你自己是誰？你難道以為你的長途運輸公司是美國的『五月花長途運輸公司』（Trust May Flower）嗎？我知道你最近跑了兩趟，從紐約到加州洛杉磯的長途運輸生意；但是你由加州洛杉磯返回紐約時，沒有攬到貨，你是放空車回紐約的，因此這兩趟長途運輸生意，使你虧了不少，目前你只好做些短途運輸及搬家的生意；但是生意量也不足以維持你目前的開銷，如果我沒有說錯的話，你連下個月的房屋分期付款，以及卡車貸款都付不出來！」我說：「奇怪了，你怎麼對我目前的情況這麼清楚？」小頭目說：「一點也不奇怪，你是否還記得，媽咪瑪利亞這個人？」我說：「媽咪瑪利亞？我似乎不認識這個人！」小頭目說：「哎呀！就是你上次出事被警察關進拘留所，當時到你家去安慰你太太的那個義大利老女人嘛！」我說：「我記起來了，她真是一個很慈祥的義大利老太太，我太太現在已經跟她成為好朋友了，並且有很多在美國不懂的事情，她都打電話向媽咪瑪利亞請教。」小頭目說：「有沒有搞錯，你們稱她為慈祥的義大利老太太，我們家族的人都叫她做『母大蟲』！因為當她扣起 AK-47 的板機瘋狂掃射時，是絕對不會猶豫及含糊的！……」

當我正在跟小頭目談話的時候，一個看似秘書的人趨向前來，遞給了小頭目一個牛皮信封，他看了一眼毫不猶豫地將牛皮信封交到了我的手上，並且對我說：「這裡是五千美元（當時的五千美元，應是一個很大的數目），你先拿去解決些眼前的問題，關於以後的事情，我自然會幫你妥善安排……」俗話說「人窮志短，馬瘦毛長」又是什麼「一文錢逼死英雄好漢」，我想這二句話，用在當時我的身上，倒是很恰當的。我那時所處的情況，對於我來說，簡直是一個收拾不了的爛攤子，因為我公司如果一直虧損下去的話，那我將付不出每個月的房屋貸款，更嚴重的話，三個月之後銀行就會把我的房子收回去拍賣，而我用分期付款買來的卡車，也會遭到與房子一樣的命運，到時候我還會欠下如千斤重擔般的沉重債務！我不敢去想像，如果到了那一天，我和我的家人將如何，是否會居無定所、流落街頭呢？而今天在美國，有能力對我伸出援手的，我想除了黑手黨科隆博家族的小頭目外，是不會再有第二個人了，我雖然知道黑手黨在美國是做什麼勾當的，但是當時的我別無選擇，一切的一切只能說「形勢比人強」。於是我便把心一橫，總歸我是豁出去了，我毫不猶豫的伸手接下了小頭目遞給我的牛皮信封，我只跟他說了二個英文單字：“Thank You!”小頭目也只回答了我簡單的三個字：“You Are Welcomed!”整個的過程，似乎就這麼樣「輕描淡寫」的一筆帶過去了！我雖然知道，這五千美元對我來說就如同自己的賣身契；但是我不願意這樣去想，而且在這個世界上，人類又是一種最喜歡找理由和藉口，為自己開脫的動物，因此我必須要找出我如此決定的偉大理論與根據，我內心的小劇場是如此上演的：「我是一個台灣空軍軍官學校的畢業生，對於我們很多空官的畢業生來說，就是在平時沒有戰爭的情況下，在第一個服役的十年，便有將近五分之一的飛行同學「為國捐軀」葬入碧潭空軍公墓！（因為飛行訓練或是海峽上空巡邏等任務，以及飛機機械故障等因素殉職），對於我們活著的同學來說，「為國捐軀」似乎已是一件司空見慣的事情；而他們的妻子和兒女，也只是得到數額並不是太多的撫恤金！而他們憑什麼就英年早逝，他們又招誰惹誰？跟他們相比，我今天又在擔心又在怕什麼？頂多我以後買一些高額的死亡保險不就結了，好歹在我不幸死了之後，我的妻兒還可以有起碼的生活！一個人死了，或許就是解脫了，世間一切的一切，也就眼不見為淨了；且就讓塵歸塵土歸土吧！而且我認為世界上最可悲的事情，莫過於一個大男人，眼巴巴的看著自己的妻子和兒女跟著自己受苦，而他卻一點辦法都沒有！

* * *

相信很多人都有這種經驗，在人生的道路上，我們有時會走到一個十字路口，那時我們必須要做出一個抉擇。而當天在小頭目的住處，我也必須要下抉擇，是否今後要與小頭目，以及其所屬的黑手黨科隆博家族合作；其實說白了，就是今後要聽他們的命令與驅使，其原因乃是，我實在沒有一點與他們合作的對等條件；但是我對當天的抉擇，卻是沒有一點猶豫與煩惱，其原因乃是我沒有任何的選擇！因為當時我除了走這一條路之外，實際上我也沒有其它的路可以選擇了！

在回家的路上，我的內心是五味雜陳的，由於我從小到大所受的家庭和學校教育，都是要求我堂堂正正的做人，規規矩矩的做事，又是什麼禮、義、廉、恥……，而今天我竟然……，但繼之我又在想，我之所以會淪落到這一步也有我不得已的苦衷，至少我要保護我的家庭，總不能坐以待斃吧！也不知是怎麼搞的或是起了些什麼化學反應與變化，從此以後，我便不以鄙視和嘲笑的眼光來看待少女之淪為娼妓了，我想她們必然是有很不得已的苦衷！

在回家經過曼哈頓 China Town（中國城），我順便買了許多妻子和兒女喜歡吃的中國菜餚，因為自從我公司的生意不好之後，我已經很久沒有帶他們上中國餐館了。當我看到他們吃得十分香甜時，我的內心竟有一種說不出的高興，我似乎又感到自己的決定是英明和正確的。我一面在喝著酒一面在胡思亂想著，我內心又突然浮起了一絲兒的悲涼，我竟然不自覺的吟道：「風蕭蕭兮易水寒，壯士一去兮不復還！……」後來又覺得這詩句有些兒不太吉利，所以也就沒有再吟下去了，總之我那幾天的心情，是非常的複雜跟起伏不定的！

其實世界上的各行各業都有它們的訣竅，也是英文所講的：“Trick of the tride.”，自然的，長途運輸公司也不會例外，事後我在想，假如我當時懂了其中一些訣竅的話，我的公司就不會虧本了，我也可能就不會和小頭目他們所屬的黑手黨科隆博家族去合流了；但是我平心而論，即使讓我知道了那一些訣竅，也頂多使我的長途運輸公司不虧本，但絕對沒有這個能力跟金錢，供我兒女去讀美國的長春藤大學（美國十大名校）！……

我起初以為，在小頭目對我提供幫助，以及做了正式的黑手黨科隆博家族的「外圍合夥人」之後，我就有源源不絕的非法私貨可運了；但是在我「入夥」二個星期之後，小頭目卻沒有跟我聯絡過，眼看著他給我的五千美元也快貼光了，於是我再也坐不住了，我打電話給小頭目，他在電話中是這樣說的：「你來我這邊一趟吧！我教給你一些"Trick of the tride"（生意上的訣竅），我保證你的公司就可以起死回生了！」

其實幫助別人跟被別人幫助，都是一種藝術。我想小頭目是懂這種藝術的，由於我以後跟他的來往，我終於知道小頭目幫助別人的原則是「既然是你要找我幫助，那你至少得親自向我開口，否則我是不會輕易幫助別人的，不然別人還以為我有其他的目的與企圖……」

小頭目對我說：「你笨呀！紐約距離維吉尼亞州（Verginia）那麼近，那邊的香菸又是免稅的，你不會到那裡去拉一些香菸到紐約來賣嘛！」我說：「你倒是說得簡單，我的卡車在上高速公路之前就有檢查站，我拉了香菸豈不是白白被抓！」小頭目說：「你說得也沒錯，其實在香菸批發商店附近，有一個很大的化妝品兼製藥工廠，那兒有好幾千名工人，而且工人的流動量很大，你可以在他們工廠內部的刊物上登搬家廣告，可以用極優惠的價錢接一些工人家庭搬家的生意。到時你可以先到香菸批發商店去進香菸，然後再抄小路到工人住家那邊幫他們搬家，然後到了要上高速公路之前的檢查站時，你可以向稽查人員出示你和客戶所簽的搬家契約，及你的行車日誌……，萬一他們一定要打開車門檢查也不打緊，因為他們所能看到的可完全是傢俱跟雜物呀！通常他們就兩個人；而他們需要檢查的卡車又那麼多，所以根本就不可能有人力和時間將你卡車上的貨品一一的搬下來檢查，這個就叫做『以合法掩護非法，以祕密領導公開呀』……」於是我又問：「回到了紐約之後，這麼多的香菸，我又該如何處理呢！」小頭目瞅了我一眼，道：「你要不要我教你，如何去"Make Love"呀！如何去處理？說得不好聽的，光是一個紐約曼哈頓的China Town（唐人街），你就吃不完了！放心，這個錢都是由你來賺，這一點小錢我們根本是看不上眼的！……」

不錯，小頭目所給我指引的這條路，是可以賺到不少的錢；但是這個生意要間隔一段時間才有，不過由這個所賺到的錢，已足夠我的家庭和公司開銷了，因此我的經濟也得到了緩解；但我內心十分明白，我以後將會有一個出生入死的冒險生涯，我也常常的在想：「其實我們台灣空軍幼年學校，跟空軍軍官學校的畢業生，一般來說並不怕死；但是我很怕，萬一冒險被弄成殘廢，那可真是生不如死！而且人在江湖身不由己。我想我唯一的辦法也只有禱告了，雖然我這個人，並不信任何的宗教！……

＊　＊　＊

國父孫中山先生說：「人盡其才，地盡其利，物盡其用，貨暢其流」；其實美國的黑手黨，似乎都確確實實的在實踐孫先生的學說；但是在下對於美國的黑手黨來說，算是既無實才亦無實物，更無寸土片地！檢討之下，我可以被他們稍稍利用到的，也只在他們貨暢其流這個環節上。其原因乃是，我當時所經營的那家長途運輸公司，是一家新成立的公司，因此在美國談不上有什麼好的紀錄或是不好的紀錄，因此一時之間，我所經營的公司，還不至於引起美國警方或是 FBI 的注意！

美國是個資本主義國家，以經商貿易立國，因此對於她的人民來說，無論是從事國內貿易或是國外貿易，美國聯邦政府都持開放和鼓勵的態度，美國政府認為合法的生意，都可以任由她的人民去做；但是也有幾樣生意是例外，一般人民是不可以隨便亂做的，那便是：軍火、藥品（包括毒品）、酒類（主要是烈酒）。因為做這幾樣生意，是需要特殊執照的（一般人是很難申請到這種特殊執照的）；正因為這個例外的規定，因此美國黑手黨便以非法的方式去做，也因為如此，才有暴利可圖！

一般來說，毒品因為牽涉到國外的毒梟，可以說是一個跨國走私生意，又因為毒品的體積較小易於隱藏，因此他們有特殊的運輸交接管道，所以我也未曾幫他們運送過毒品；而烈酒和一般軍火，卻是我經常幫他們運送的，而運送的方式，也和我運送私菸的方式差不多，就是在合法的貨物中，夾帶些非法貨物罷了！

所謂的運輸私酒，也不過是把美國有些不上州稅的烈酒，運送到上稅高的州去販賣罷了。所謂的運送一般軍火，也不過是運送一些從中國大陸，或是從北朝鮮、蘇聯（那時尚未解體）走私到美國的陸軍制式步槍和子彈，黑手黨稱之為「體育用品」，或是「狩獵用品」。運送以上這兩種貨品，對於我來說，都可以說是稀鬆平常的事情，因為大都有固定的路線和客戶，而且白道也拿一定的分紅，因此可以說是沒有什麼太大的風險；但是這二項生意對於黑手黨來說，他們認為利潤太少，我想假如他們只做這兩項生意的話，那他們就不能稱之為「黑手黨」了！

我也曾幫他們運過可以賺到巨大暴利的軍火，那種巨大暴利，絕不是幾萬美元、或是幾十萬美元，甚或是幾百萬美元；而是以千萬美元的利潤做為起跳，運送這批有巨大暴利的軍火，我們是由一個人員編組來運送，有十來輛坐有黑手黨武裝人員的小轎車，前後左右護航，就像是一隻航母編隊。

我們怕的反而不是白道；而是黑手黨其他的家族，因為如此龐大的利潤，已值得其他黑手黨的家族，半路來劫貨了！

其實就是在一九七九年年底，伊朗國內暴發了美國人質危機之後，美國就對伊朗實施了武器及一般貨物的禁運，一直到現在為止，美國對伊朗的武器禁運仍在實施中（一般貨物的禁運則早已解除）；但是說也奇怪，從美國對伊朗實施武器禁運的第一天一直到現在，伊朗空軍以前跟美國買的 F-14 噴射戰鬥機，就從來沒有因為缺少美國的零配件而停飛過，尤其是在兩伊戰爭期間，伊朗空軍的 F-14 戰機，仍然可以得到美國所生產的精密武器及零配件的供應！

有人說：「能讓這個世界轉動的是錢！」不錯，又有誰又不想去賺軍火走私買賣這種如天文數字一般的大錢。蘇聯共產黨曾說「工人無祖國」。我想這句話是經不起考驗的；但是我覺得，如果這句話改成「商人無祖國」的話，倒是比較貼切些。美國當年生產 F-14 的相關企業集團，如格魯門航空航天公司、美國惠普公司、休斯公司、雷聲公司等美國國內著名的軍火集團，他們誰不想將F-14相關的零組件販售給伊朗，因為這個錢實在是太好賺了，由於賣的都是零組件，又沒有複雜的飛機組裝，這對他們來說簡直就是一件易如反掌的事。就拿雷聲公司生產的M-54型空空導彈來說吧，他們可以先逕自到美國海軍戰備倉庫去提取，等生產了新的M-54型空空導彈之後，他們再給美國海軍戰備倉庫補上就可以了，而且飛彈的價錢，還隨便由賣方來開；但是這些軍火集團，多少都會受到美國政府的節制，因此他們沒有辦法，明目張膽的去做生意，因此，在這個節骨眼上，美國的黑手黨便插手了，他們居中聯絡穿針引線，他們去和買賣雙方打交道，而且最重要的是，最後是由他們設法將F-14相關的零組件送到伊朗去！

如此龐大利潤的軍火走私貨品，當然會引起黑手黨別的家族來劫貨。於是就是在一個月黑風高的晚上，我們在靠近達拉斯附近鄉間小道旁，一個廢棄的農場休息時，遭遇到了伏擊，那時雙方便開始駁火，當我意識到我左胸的側面被子彈擦過時，當下感覺到左胸一陣涼、麻和痛，同時的我也聽到約莫有數部警車蜂鳴器的聲響由不遠處傳來，於是我們的領隊一聲令下：「撤！」隨即我們便按照預定路線撤離了現場，事後據領隊說：「因為我們有重要的貨，所以不跟他們硬拚，是我打電話給警方，以為脫身之計！」

可能是警方聽到如此密集的 AK-47 槍聲，所以他們也不敢前來，於是他們便打開了「蜂鳴器」，意思是把我們趕出他們的轄區也就行了！……於是我們又向前開了約八十英哩，便到了一處很大的農莊，我想這應該是我們的接應處吧。

可能是我左胸側面被 AK-47 子彈擦過因而失血較多，因此當我在農莊中把卡車泊好，跳下卡車之際，想不到的是我兩腿一軟、眼前一黑，我便暈厥在地！……

*　*　*

當時我之所以會暈倒的原因，依我的判斷完全是由於左外側胸部，受到槍傷流血較多所致，當我暈倒在地約莫幾秒鐘，可能是血液又回到頭部，於是我又醒了過來，由於是黑夜的關係，所以也沒有引起別人的注意，我在昏暗的燈光下，看到大家都進入了一個很大的農場倉房，於是我也跟了進去，倉房內堆了很多的枯黃乾草，於是領隊向大家宣佈：「已經用長途對講機，向上面報告了情況（那時尚未進入手機時代），上面的意思，要我們先在這邊待命……」於是我便找了一個角落舖上一些乾草，接著我便身子朝右側睡下來，這時我才有時間檢查我的傷口，傷口是一個姆指寬的子彈擦痕，深度快要到我的肋骨，仍有極少量的血由傷口慢慢滲出來，依我的常識來判斷，這必需找醫生消毒、止血，並將傷口縫合……但是在這黑燈瞎火的荒郊野外，又到那裡去找醫生！

我的一個「巷戰遊戲」學生發現了我的情況，於是他驚慌的對我說：「你受傷了！……」由於我怕他驚動到別人，因為即使是驚動了別人也無濟於事，於是我向他比了一個不要聲張的手勢，並對他說：「你馬上到我的卡車，把我駕駛座位下的急救藥箱拿過來。」我在這裡不得不感謝我們中國的老祖宗，因為我在隨車的急救藥箱裡，準備了六小瓶的雲南白藥以備不時之需。記得中國在對日抗戰時期，由於缺少醫藥，但凡士兵受到槍傷都是直接敷上雲南白藥，槍傷很快就會被治癒。而如今我準備的雲南白藥終於派上用場，於是我在受到槍傷的部位敷上雲南白藥，並服下了二粒裝在藥瓶中的紅色「救命丸」。就像是奇蹟般的，當雲南白藥敷在傷口上不久便止住了滲血，第二天早上起來，傷口居然結了淺紅色的痂！

第二天一早，領隊是這樣告訴大家的：「上面又派出另一批人馬，偽裝成我們，意思是要將昨天晚上意圖攔截我們的那一夥人引開，待他們把人引開之後，我們便立即上路直奔長島小頭目家中的私人碼頭，那裡已經有大型遊艇在等貨了！……」於是我們又在農場大倉房中待了兩天，直到我們第三天上路時，我左外側胸部的傷口似乎已無大礙了！達拉斯距離長島大約有二千八百公里的路程，我們居然在二十四小時之內便趕到了！

小頭目當了大夥的面，可是好好的表揚了我一番；雖然他的表揚詞很簡短；但是其大意按照照中國人民解放軍的說法便是「負傷不下火線！……」因此小頭目和他的手下都認為我不僅是一個帶種的人，並是一個有資格和他們共同幹「事業」的人；雖然我只是在運輸方面，跟他們有所合作而已！

當然，我是十分的明白自己在運輸方面跟黑手黨科隆博家族合作，是一件極端違反美國法律的事情；而如今我的家庭在紐約又有了自己的房子，全家人總算是有了一個棲身之處，因此我很應該謀一份正當的工作來做才是正理；雖然我知道，華人在美國從事得最多的中國餐館工作，並不十分適合於我的性向；但是在三百六十行之中，紐約也並不是沒有別的工作可供我來選擇，因此和我太太商量的結果，我們決定等存到幾萬美元之後，我們來開一家小糖果兼禮品店，並賣一些Lotto（彩券）、報紙、兒童的小玩具……目標既定，我倆便更加的努力打工存錢。眼看著幾萬美元的存錢目標便將要達到時；但是想不到，事情又有了突發性的變化！

常言道「一個人進入一行很難；但是，一個人要脫離一行也很難」。又是一個極其平常的日子，突然間接到了孩子所讀小學校長打來的電話，說是要我們夫妻倆到學校去談談，我們接到電話之後內心都在嘀咕，猜想大概是孩子在學校頑皮，所以校長才要我倆到學校去談談！於是便硬了頭皮，走進了校長室；但是讓我們萬萬沒有想到的是，校長竟和顏悅色的對我們說：「你們的女兒，在我們學校讀五年級，你們的兒子，在我們學校讀二年級，他們兩個都是該年級中的資優生，根據學校對他們的性向測驗，他們兩人還算是讀書的料，因此將來極有可能進入美國的十大名校；但是想要進入名校，就必須要進入紐約的明星初中跟高中才行，我們紐約皇后區（Queens）的明星初中跟高中，都集中在Bay Side區，因此你們必須要成為Bay Side區的居民，你們的子女才有資格去讀Bay side區的明星初中跟高中」。根據校長的說法，最晚在女兒讀初二時，全家就必須要搬到Bay Sade區去住，如此才不至於耽誤孩子將來的前途……

校長向我們所傳達的訊息，讓我們一則以喜，一則以憂，喜的當然是兒女在學校的學習成績好，將來有希望進入美國的十大名校，憂的當然是Bay Side區的高昂房價，對於當時的我們說，就如同是天文數字一般！同時我和我的太太，也聽到了不少華人窮人家庭中，成績優良的孩子，因為父母無錢供他們上美國的名校大學，所產生的許多令人遺憾和心酸的故事，甚至有些華人家長，還希望自己的子女在學校的成績不要太好！我覺得這真是一個人間的悲劇！既然我的兒女，還會讀一點書，因此我們便決定，無論如何即使是砸鍋賣鐵，我們做父母的都要盡可能的去設法完成兒女們，想要去讀美國長春藤大學的心願！因此這也是我繼續和黑手黨科隆博家族，在運輸方面，合作下去的最大原因！……

* * *

我覺得一個人的一生，可以分為很多個階段，而我在紐約做黑手黨科隆博家族「外圍合夥人」那一段日子，可以說是我人生中很重要的一個階段，因為那正是我人生中的精壯年華，也是我兒女成長及在美國受教育的階段。

記得我初到美國紐約時，當我在中國餐館洗碗盤洗得昏天黑地時、當我嚐到生活的艱辛時、當我受到中美文化衝擊時、當老美跟我講英文我聽不懂時、當我受到挫折時、當我受到經濟上的壓力時、當我茫茫然無所適從時……。老實說那時我真是有些後悔，為什麼要千里迢迢的從台灣帶了妻小到美國來，而我到底是為了想要得到些什麼才到美國來？我為什麼在台灣有好好的日子不過，而要到美國來受苦！即使是當年台灣軍公教的待遇太差；但是其他的軍公教可以過這種清貧的日子；而我為什麼就不能過！後來，當我做了黑手黨科隆博家族的外圍合夥人，全家人的生活雖然是無憂；但是也避免及阻止不了妻子對我的擔驚受怕！因此我那時便覺得自己帶了全家人來到美國紐約，是一件完全沒有任何意義的事情！

及至我兒女的小學校長告訴我，說我的孩子有希望進美國的長春藤大學時，我似乎是才找到了一些來到美國的理由及意義，好像自己在某些方面也得到了一點兒補償，像是親朋好友，當他們問我為什麼要到美國來做人下人時，我終於有了冠冕堂皇的理由跟答案來回應他們，我似乎也可以自我解嘲！我的人生似乎又重新有了目標和方向！我覺得自己將來也不需要兒女對我作任何的回報，因為他們的用功讀書，能進入美國的長春藤大學，就是為我爭了面子，也就是對我作了最好和最大的回報！

我是一個大而化之的人，因為自己的學識及能力均有限，因此也很少去想過自己在這個世界上要得到些什麼名與利；但是在做黑手黨科隆博家族外圍合夥人期間，我又得到了些什麼呢？我們就先說我獲得的一點利吧，起初因為自己與家人要在紐約找一個棲身之處，因此便在紐約皇后區傑克森高地（Jackson High），一個並不是太好的地段，買了一戶住宅，後來又因為兒女要去紐約皇后區．貝賽（Bay Side）讀明星初中及高中，所以又在紐約皇后區．貝賽，用分期付款的方式買下了一戶三房住宅。

另外，在做黑手黨科隆博家族外圍合夥人期間，我在紐約華人圈中，獲得了一點名氣吧！因為我們紐約皇后區華人搬運界，多半是由台灣來的華人在經營（那時中國大陸尚未改革開放），所以我們有時到曼哈頓唐人街做生意及上下貨時，就會和布魯克林區（Brokenly）搬運界的廣東人發生衝突，時有打群架事件發生，因為他們人多勢眾，所以多半都是我們吃虧（我因為有黑手黨科隆博家族的生意，所以也沒去做過曼哈頓唐人街的生意）。後來經由皇后區搬運界的眾老闆向唐人街曼哈頓「中華公所」投訴，因此唐人街曼哈頓中華公所便要求雙方，各派三個代表，到他們那兒去談判。

可能是因為我在幾次皇后區華人運輸協會聚餐時，由於酒量甚High，所以被人誤認為我有些阿莎力（日語っさり，意思是乾脆）。所以也就被皇后區搬運界推選為談判代表。

我為了要增加我方在談判桌上的聲勢，所以我便找了三個在「巷戰遊戲」中的得意學生出馬助陣，他們那時已是黑手黨科隆博家族中很有名氣的殺手了，他們之中一個外號叫鬼影（Ghost Shadow），一個外號叫風（Wind），一個外號叫無所不在（Any Where）。因此，由他們的稱號，就可以知道他們當時在紐約黑道的名氣了！

談判那天，只見他們三個人，穿了黑手黨傳統的黑西裝、戴了墨鏡，並駕駛了黑色加長型大禮車，將我送到談判會場，並恭敬的幫我拉開車門，到了會場之後，只見鬼影為我遞菸，風和無所不在搶著用打火機為我點火。於是讓對方在看到這個氣勢與陣仗之後，哪敢再吭一聲大氣。因此對方的三個代表都異口同聲的用廣東話說：「蒙曬談！依迁趙生（趙先生），魁翬痲都痲！」（不必談了，一切都由趙先生說了算！他說什麼就是什麼！）。

以上我所講的，便是因為黑手黨科隆博家族的關係，而使我在紐約華人運輸界，所得到的些許名氣！

這也是我在紐約華人圈中，得到的第一份名氣。因為那時紐約還沒有舉行啤酒王大賽，所以那時我還沒有拿到「啤酒王」的頭銜。此外我那時也還沒有在紐約的華文報紙上，發表文章及寫專欄！

一份屬於我的劇本

其實說白了，人生就是一齣戲；只是我們無法事先寫好劇本，依我想，假如我們能事先寫好劇本的話，那麼這一齣人生的戲我們應該會演得更加的精彩！

我在紐約所開的長途運輸公司，某日在中、英文報紙上，同步的登出了一則招工廣告，廣告詞十分簡單：「鈔票有得你賺！年輕人，有種的你就來！」（young men you could earning a lot of money if you are bravely!）。

話說有一天下午，辦公室走進來一個年輕的中國人，但見他長髮披肩、兩眼炯炯有神，說得更精準一點，他的眼神在有神之間又帶有一絲慧黠，他五官俊秀、身裁適中。於是我問：「你有力氣嗎？牆邊的木箱子，你起碼要搬得起二個……」當時那個年輕人搬起了三箱，很輕鬆的繞了我辦公桌並走上了三、四圈，我便毫不猶豫的僱用了他。

這位年輕人是從中國北京來的，當時在俄亥俄州博林格林州立大學

（Bowlinggreen state university）學戲劇（Drama），是趁暑假到紐約來賺些學費跟生活費。我很明白的告訴他：「其實幹我們這一行的，也是有一定的風險性，因為有些時候我們也不得不幫Mafia（黑手黨）運些軍火什麼的，我們最怕的倒不是警方而是怕黑手黨其他家族來劫貨，到時候大家也只有槍桿子對槍桿子了……」沒想到年輕人聽了我對他說的話之後，竟興奮莫名的說：「我是學戲劇的，我正求之不得的想要體驗一下這種冒險生活！」此外，由於大家都喜歡喝上兩杯，我們就很自然的成為了酒友，之後，我們又由酒友成為了好友。

二〇〇五年，我由美國退休便去了中國大陸，準備在那邊住一段時間，並想把大陸走個透，我的第一站是北京，於是我去找了年輕人，他那時已是北京很知名的影視編劇了。當他聽說我想把大陸走透透並想了解真正的中國時，他便對我說：「那你最好是以當地人的身份來做這件事，你才能了解到一個真正的中國，如果你持有華裔美人或是台胞的身份，無論在大陸上居住或是旅遊，我們的人是不會跟你說真話的；而且你之前從來就沒有在當地生活過，所以你根本裝不像本地人，你只要是跟他們聊天，你一定會穿幫的，因為這個社會上幾十年來的歷史與背景你一概不知，當然，解放初期的什麼清算、鬥爭、三反、五反、三面紅旗、大躍進⋯⋯，那幾段歷史已經很久遠了，現在已很少有人再提；但是，一九六六年至一九七六年文化大革命的歷史，你一定得知道，因為現在還是有很多人在提，除非是你能提出有什麼說得過去的理由，或者乾脆說你當時不在中國，所以有些文化大革命時所發生的事情，你並不是十分的清楚。啊！對了，我這兒有一份現成的劇本，你和本本上的主人翁年紀差不多，而且你在台灣也讀過軍校⋯⋯，啊！這份劇本，好像就是專門為你量身打造的，待我回到公司之後找出來影印一份給你，你有空的時候好生讀讀，我想這樣的話你假裝是本地人就不容易穿幫了！⋯⋯」

當我回到自己的住處，便打開了那份劇本細細的閱讀，那本本上的故事還真能反映出那個時代所發生的一些特殊事情，男主角也幾乎貫穿了當時所經歷的一切，無論是失意、痛苦、驚險、浪漫、刺激……

劇本的男主角姓牛名大山，是四川青白鄉人氏，解放前生於貧農家庭，所以他們一家是中共眼中成份極好的家庭，牛大山也頗為爭氣，從小學、初中到高中，他都是有資格戴紅領巾的「三好學生」，因此像他這種人，必定是中共要好好培養的對象，所以當他高中畢業後，便被保送到「人民解放軍南京指揮學院」去深造。在一九六二年，因為發生了「古巴導彈危機」，最後美國取得勝利，所以牛大山他們又加強了英文的學習，就在他自己認為前途似錦即將畢業之際，一九六六年發生了文化大革命，大山他被家鄉民眾檢舉，說他有個伯父是台灣的空軍中將，在文化大革命時期，這簡直是一個不得了的罪狀，因此大山便不能自人民解放軍南京指揮學院畢業了；而如果他以這種「反叛」身份進入社會的話，也一定是會被紅衛兵給活活的打死，校方對他的遭遇很是同情，這時正巧有個北越軍事顧問的職缺，於是校方便建議上級將他派往北越當軍事顧問。

他們這一批顧問，是沿了胡志明小徑取道寮國、高棉……而進入北越，牛大山擔任的是防空作戰顧問，他們的營地是靠近越南的前線，大山負責美軍被擊落軍機飛行員的初訊工作，因此他得到了很多美軍飛行員賄賂給他的美金，他只是收下但他也不知道這些美金在北越有何用途，軍事顧問的工作是枯燥乏味的；而戰爭的殘酷往往也會發生很多匪夷所思、奇奇怪怪的扭曲事情，我且就在這兒，挑幾件比較有趣的來聊聊：

根據劇本記載，牛大山初訊美軍的記錄，當時美軍根本無心作戰，空軍是炸彈亂丟一通，反正丟完了事，反正就是在直升機上用 M-16 對著叢林一陣子亂掃，只要把子彈消耗光就可以回去交差了；但美軍的火力實在很強，有一次空襲時牛大山他們被迫躲入大湖中，美軍丟下凝固汽油彈，竟讓他們感覺在那大湖中像是洗三溫暖一樣！

下面再講一件令男人十分羨慕的事情，就是越共把大山他們當成上上賓來對待；但因當時北越物質條件匱乏，也沒有什麼好東西能拿出來招待，於是每晚便送北越少女來讓他們享用，運氣好的話，還會享用到處女！到了越戰後期，越南軍隊敗象已露，就連越南的外事警察都要拍他們的馬屁，有一次越南外事警察弄來了二套警官制服要牛大山他們換上，說是要帶他們到美軍前線陣地的俱樂部（變相的妓院）去玩美國女人，他們進入俱樂部之後，只見一位金髮碧眼長得頗有姿色的紅牌吧女，正拿起了香菸，圍著她的七、八個美國大兵紛紛燃起了打火機要幫她點菸，於是牛大山一個箭步趨前，掏出一張百元美金大鈔，往打火機上一湊，待百元美金大鈔燃起，他便示意她點菸，當時在場的人都驚呆了，只見那美女菸也不點了，立馬的拉了大山上樓，後面又跟了另外一個金髮碧眼美女，他們一起到樓上房間去玩三P了！也就是四川貓貓（年齡比較小的妓女），所謂的玩「雙飛」！

之後牛大山便是我在中國大陸的身份與樣板，我以他為藍本，跑遍了中國的大江南北，而且皆未穿幫，加上我四川話又講得道地，因此別人都以為我是大陸四川的本地人，所以我才能知道許多中國大陸上的事情，因而能寫出很多中國大陸上的真實發生的故事！

國家圖書館出版品預行編目（CIP）資料

啤酒王的公路電影：上一個世紀的真實冒險 / 啤酒王著.
-- 初版 . -- 新北市：斑馬線 , 2017.03
面；　公分
ISBN 978-986-93908-7-3（平裝）

857.7　　　106001937

啤酒王的公路電影：上一個世紀的真實冒險

作　　者：啤酒王
編　　輯：施榮華
封面設計：Max

發 行 人：洪錫麟
社　　長：張仰賢
製　　作：角立有限公司
出 版 者：斑馬線文庫有限公司
法律顧問：林仟雯律師

總 經 銷：楨德圖書事業有限公司
地　　址：新北市新店區寶興路 45 巷 6 弄 7 號 5 樓
電　　話：02-8919-3369
傳　　真：02-8914-5524

製版印刷：龍虎電腦排版股份有限公司
出版日期：2017 年 3 月
I S B N：978-986-93908-7-3
定　　價：300 元